D0707087

La canción del colibrí

La canción del colibrí

Graciela Limón

Traducción al español de
Ernesto Colín Álvarez

Arte Público Press
Houston, Texas

Este libro ha sido subvencionado en parte por una beca del Fondo Nacional para las Artes, cuyo lema es que una gran nación merece un gran arte; por becas de la Ciudad de Houston a través del Cultural Arts Council of Houston/Harris County y por el Exemplar Program, un programa de Americans for the Arts en colaboración con LarsonAllen Public Services Group, fundado por la Fundación Ford.

Recuperando el pasado, creando el futuro

Arte Público Press
University of Houston
452 Cullen Performance Hall
Houston, Texas 77204-2004

Portada y diseño por Kath Christensen

Limón, Graciela.
    [Song of the hummingbird. Spanish]
    La canción del colibrí / Graciela Limón ; Spanish translation by Ernesto Colín Álvarez.
    p. cm.
    ISBN-10: 1-55885-449-5 (alk. paper)
    ISBN-13: 978-155885-449-9
    1. Aztecs—Fiction. 2. Indians of Mexico—First contact with Europeans—Fiction. 3. Mexico—History—Conquest, 1519-1540—Fiction. 4. Indian women—Fiction. I. Title.
    PS3562.I464S6618 2006
    813'.54—dc22   2005054511
    [B]   CIP

♾ El papel que se usó en esta publicación cumple con los requisitos del American National Standard for Information Sciences—Permanence of Paper for Printed Library Materials, ANSI Z39.48-1984.

© 1996 por Graciela Limón
La canción del colibrí @ 2006 por Arte Público Press
Impreso en los Estados Unidos de América

6 7 8 9 0 1 2 3 4 5   0 9 8 7 6 5 4 3 2 1

En memoria de Guadalupe H. Gómez

Me complace agradecer a Nicolás Kanellos, Ph.D., director de la editorial Arte Público, y a su equipo de colaboradores, quienes hicieron posible la publicación de mis obras. *La canción del colibrí*, es la tercera novela que sale a la luz bajo auspicio de Arte Público y considero un gran privilegio formar parte del destacado cuerpo de escritores latinos. También agradezco a mi amiga y colega, hermana Martin Byrne, quien leyó el manuscrito y me dio valiosos consejos. Extiendo mi agradecimiento al traductor de esta obra, Ernesto Colín Álvarez, que ha hecho un trabajo esmerado.

—G.L.

Nota de la autora

La protagonista de la novela le advierte al padre Benito Lara: "Me llamo Huitzitzilín pero como sé que pronunciar palabras en mi lengua te causa dificultades, me puedes llamar 'Colibrí', ya que eso significa mi nombre".

Agradezco la atención de la protagonista. Sin embargo, he decidido usar su nombre como se pronuncia en Náhuatl, su lengua nativa. Deseo que se dé cuenta que mi respeto por ella comienza con el reconocimiento de su nombre tal como le fue dado al nacer. Aunque el nombre es inicialmente complicado de pronunciar, sé que mis lectores pronto se unirán a mí en la admiración de su belleza y resonancia.

Huitzitzilín también usa la palabra "mexica" cuando se refiere a su gente aún cuando la mayoría de nosotros hemos llegado a usar en su lugar la palabra "azteca". Aquí también, mis lectores me encontrarán siguiendo su ejemplo.

La protagonista de *La canción del colibrí* relatará su propia historia. No obstante, primero permítanme decir algo acerca de su vida, su época y los eventos de los que fue testigo. De noble casta mexica, era una jovencita cuando los españoles llegaron a México, conocido entonces como Tenochtitlán. Al igual que todo su pueblo, ella experimentó el asombro causado por el arribo de barbudos hombres blancos, un asombro que pronto se convirtió en indignación al ver la devastación de su tierra, la interrupción de su vida, y el fin de la civilización tal como ella la conocía.

Huitzitzilín no sólo presenció la terrible destrucción de la gran Tenochtitlán, cuya grandeza se redujo a un vestigio, sino que también sufrió la pérdida de su identidad mexica. Junto a su pueblo, fue forzada a abandonar su vestuario tradicional; a cambiar su nombre; a hablar un idioma extranjero, a renunciar a los dioses de sus antepasados; y, al final, a formar parte de la gran diáspora de la que fuese una gran civilización.

Ahora pido a mis lectores que escuchen cuidadosamente su relato —su canción—, pues es una versión de aquéllos tiempos que difiere de las narraciones que han sido afirmadas por siglos. Su historia se cuenta desde el punto de vista de una mujer indígena. El cuento parecerá inicialmente invertido, como si fuera un reflejo de palabras en el espejo; pero es la historia de Huitzitzilín. Es verosímil por que ella fue testigo y participante. Como aquella imagen en el espejo, ya borrosa por el paso de los años, su relato es lo que ocurrió, aunque no esté incluido en la historia escrita por los colonizadores.

—G.L.

La canción del colibrí

"Ve a la región donde el maguey abunda para construir una morada
      de nopactli y maguey,
      y allí coloca petates tejidos.

"Luego ve a donde nace la luz,
      y allí debes regar tus flores.

"Después ve a donde habita la muerte,
      y en la blanca tierra de flores también
      debes regar tus flores.

"Más tarde ve a la tierra plantada con semilla,
      y allí debes regar tus flores.

"Luego debes viajar a la región de las espinas,
      y en la tierra de espinas también
      debes derramar tus flores

"Y entregarás tus flores, para así
      llegar a los dioses".

      Palabras de Coatlique
           Diosa de la Tierra y de la Muerte
           Madre de Quetzalcóatl y Huitzilopochtli

Capítulo I

Coyoacán —en las afueras de México-Tenochtitlán— 1583

El fraile franciscano se acercó a la entrada del convento, cautelosamente haló la cuerda que hacía sonar la campana, y esperó nervioso hasta oír el arrastrar de los pasos de la portera. Cuando se abrió una pequeña ventanilla dentro de la puerta, él echó un vistazo a las arrugas del rostro de la mujer. El griñón blanco que enmarcaba su cabeza ocultaba cualquier otra seña de su edad.

—Buenos días, hermana. Soy el nuevo confesor, el padre Benito Lara.

Los pequeños ojos miopes de la monja miraron desvergonzadamente la cara del sacerdote. —Usted es joven. Mucho más joven que el que teníamos antes.

Ella cerró la ventanilla con un ruido sordo que lo hizo parpadear involuntariamente. Luego escuchó la llave de latón girar ruidosamente dentro de la cerradura, seguida por el chirrido de las bisagras mientras la puerta se abría lentamente. El padre Benito entró al amplio claustro encerrado dentro del convento. Fue detenido momentáneamente por la monja, quien lo recorrió con la mirada de pies a cabeza. Ella vio que era un hombre mediano, delgado, de tez clara, y que su cabello castaño ya comenzaba a escasear en la calvicie. El hábito de lana rústica y marrón que vestía todavía no estaba ni desgastado ni deshilachado.

—Veo que usted no ha sido fraile por mucho tiempo. Veamos cómo lo trata esta tierra y si podrá acostumbrarse a ella.

El padre Benito no alcanzó a comprender el sentido total de las palabras de la monja, pero, sin embargo, la seguía en silencio

1

cuando ella le indicó que entrara al pasillo. A su izquierda, el sacerdote divisó imágenes de santos, profetas y ángeles labrados en las paredes. A su derecha, sus ojos recorrieron un jardín sombreado por árboles de naranjas, limones y granados. El lugar estaba cercado por tiestos de arcilla llenos con geranios y flores de buganvillas. Una gran fuente de piedra estaba en el centro del jardín. Mientras caminaba, podía distinguir el chapoteo de agua, cuyo sonido se mezclaba con el sonido de sus sandalias raspando las baldosas del piso. La siguió en silencio hasta que la monja lo condujo a un rincón aislado al final del claustro principal desde donde pudo distinguir la figura de una anciana que estaba sentada en el centro de un pequeño espacio iluminado por el sol.

—Le ha estado insistiendo neciamente a la Madre Superiora para que le consiga un confesor. ¡De verdad, puede ser una molestia a pesar de su edad! Sabía que debíamos esperar hasta que un sacerdote nuevo fuera asignado al convento pero ¡no! exigió atención especial enseguida. ¡Se la pasa recordándonos que ella pertenece a la nobleza. —La monja frunció la boca, burlándose al pronunciar estas últimas palabras.

—Por favor, hermana, no es ningún problema. Además, como dice usted, la señora es bastante mayor, y quizás siente que su fin se aproxima. El espíritu suele decirle al cuerpo . . .

La monja no permitió que el padre Benito terminara. —Esta gente no es como nosotros, padre. ¡Ellos no tienen espíritu!

A pesar de que lo masculló en voz baja, el sacerdote escuchó lo que dijo.

—No hable así, hermana. Está equivocada. Todos somos criaturas del Señor. Ahora, con su permiso, necesitamos un momento a solas. Le avisaré cuando termine.

Cuando el sacerdote estuvo solo, se quedó un largo rato observando a la frágil mujer en cuyos hombros huesudos se reflejaba el palido sol de otoño. Parecía estar perdida en sus pensamientos y aparentemente cantaba mientras se mecía en su silla. Él se dio cuenta de que ella era más vieja de lo que pensó cuando la vio la primera vez. Su piel marrón amarillenta se veía frágil y transparente. Sus ojos se desviaron para concentrarse en las manos de la anciana y notó que eran pequeñas, que estaban estrechamente encajadas en su piel delgada y que se movían nerviosamente de vez en cuando.

Son como golondrinas marrones, pensó.

Se acercó, esperando captar su atención, pero ella seguía inconsciente de su presencia. Mientras se acercaba aún más, confirmó que había estado en lo cierto. Estaba cantando, pero él no pudo distinguir la letra de la canción. El padre Benito estaba tan cerca de la anciana que pudo ver que su cara era pequeña, esquelética, y que la cuenca de uno de sus ojos estaba vacía: su oscuro hueco estaba marcado con cicatrices. Su cabello era blanco, burdo, y fibroso y estaba fuertemente ajustado en su nuca.

El sacerdote estaba tan sorpendido con la concentración de la anciana que se sobresaltó cuando de repente la mujer volteó a mirarlo. Se echó hacia atrás asustado. Vio que el ojo que le quedaba era semejante al de un ave y lo miraba con su pupila negra y dura haciéndole temblar.

—¡Ah! Usted debe ser el sacerdote que ha venido a escuchar mi última confesión.

El padre Benito fue tomado por sorpresa y no pudo encontrar las palabras adecuadas para responder. Mientras se reprendía por haber sido tan torpe, se escuchó a sí mismo decir, —¿Última confesión? Señora, ¿qué le hace pensar una cosa así?

Ella se rió nerviosamente, dejando al descubierto sus encías sin dientes. Su nariz doblada hacia abajo, le daba la aparencia de un águila. —Mejor dicho, mi única confesión, porque jamás he revelado los verdaderos pecados de mi vida a ninguno de sus sacerdotes. Venga, siéntese junto a mí.

Le señaló una pequeña silla que el padre Benito no había visto anteriormente. Se le acercó mientras se acomodaba en su silla. Ella lo miraba intensamente causándole inquietud y forzándolo a juguetear con uno de los gruesos nudos del cordón que colgaba de su cintura. Sin saber qué decir, el cura silenciosamente registró su bolsillo y sacó una estola morada. La mujer lo miraba con más intensidad mientras él ordinariamente se arreglaba la tira de tela que rodeaba sus hombros.

—Es usted bastante joven. ¿En dónde nació?

—En Carmona, señora, —tartamudeó.

—¿Por allá? —Apuntó con su nariz hacia un lugar en algún lado detrás de él. Sin pensar volteó para ver hacia donde ella había señalado; pero sólo vio el desteñido muro de estuco del convento. Después de un instante, sin embargo, comprendió lo que ella había preguntado.

—Sí, soy de España. Nací en un pueblo en las afueras de Sevilla. —Se detuvo por unos segundos esperando que ella hablara, pero había vuelto a su silencio. Aclarando su voz, el padre Benito preguntó—, ¿y usted, señora, dónde nació?

—Aquí.

Con eso, la mujer regresó a su silencio.

Una vez más, el padre Benito aclaró la garganta —¿Empezamos?

Ella no hizo caso de la pregunta.

—Yo nací aquí mismo donde ahora está este edificio, esta casa de mujeres se construyó hace poco. La casa de mi padre se encontraba en este mismo lugar.

Viendo que el fraile estaba confundido con lo que ella había dicho, añadió más. —Esa casa, la primera, fue destruida por el capitán general Cortés antes de darle el terreno a su gente. Él y sus capitanes hicieron muchas cosas como ésa; pero supongo que el destino así lo tenía previsto. —La mujer enfocó su ojo sobre el monje—. ¿Cuántos años tiene usted?

—Veintisiete.

Se humedeció los labios con la lengua, mientras giraba su cabeza haciendo cálculos. —Nací hace ochenta y dos años, durante los Días Melancólicos. Según su calendario, corría la primavera del año 1501. Lo que estoy contando sucedió muchos años atrás, antes de que usted naciera. Pero quizá usted conoce algunos de los detalles de aquellos tiempos. Me refiero a los días en que sus capitanes y las bestias de cuatro patas arribaron desde el otro lado del mar para plagar nuestro mundo.

El padre Benito se sacudió por lo violento de su comentario, y por un instante sintió deseos de objetar sus argumentos y hacerla recordar las bendiciones que trajeron los españoles a la gente de esta tierra. Sin embargo decidió guardarse sus palabras. Después de todo, sólo era una mujer mayor y no hacía mucho que se habían conocido.

La mujer suspiró, moviendo la cabeza de lado a lado descorazonadamente. —La Divina Trinidad nos guiaba. Un hermano, Quetzalcóatl, era el Señor de la sabiduría; el otro, Tezcatlipoca, era sacerdote y predicador; y el último tenía una sed ardiente de corazones humanos, Huitzilopochtli.

—Usted está confundida, señora. Ésa no es la Santísima Trinidad.

La voz del padre Benito era apremiante, y se elevó sobre los suaves sonidos del jardín; retumbando por los huecos del techo del claustro.

Ella siguió ignorando al monje y hablaba como si se perdiera en la soledad de otro tiempo, otro lugar. —Con el paso de los años nuestra gente llegó a venerar a este tercer hermano, olvidádose del bueno, escuchando las palabras que animaban a los mexicas a emprender guerrras en esta tierra y a recaudar ofrendas para él, el señor de la sangre. Y así fue como mi gente abondonó la cosecha del maíz y se convirtió en una nación de caballeros águila y tigre.

El cuerpo del padre Benito temblaba con la misma repugnancia que sentía de niño cuando escuchaba las historias que contaban sus maestros sobre lo que los exploradores habían encontrado en Las Indias. Recordó las cartas, distribuidas y leídas por todas partes, hasta en los púlpitos de las iglesias. Recordó las vívidas descripciones de templos ensangrentados, de corazones extraídos con navajas de obsidiana, de carne humana devorada por brujos que decían llamarse sacerdotes, y en cuyas pieles tenían impregnada la sangre de los otros. Vino a su mente la solemne misa de difuntos, dedicada a las memorias de dos soldados de su pueblo que habían sido acuchillados y comidos por aquellos hechiceros. Se había abstraído tan profundamente en sus recuerdos que las palabras de la mujer lo sacudieron, haciéndolo volver al presente.

—En un principio no comprendía por qué las tribus que nos rodeaban se hicieron nuestros enemigos tan fácilmente, pero ahora que soy vieja lo veo claro. Nos aborrecieron y temieron a causa de la constante necesidad de sangre de ese dios. ¡Tenía que ser así! Y después, para colmo, tal como lo había prometido, el dios predicador del antiguo Tollán desencadenó su furia sobre nosotros por nuestra falta de fe. Fue ahí cuando su gente llegó para devastarnos.

Bien sabía el padre Benito que esto no era una confesión, pero le intrigaba lo que la mujer decía. Jamás había escuchado el relato de estos sucesos desde la perspectiva de alguien como ella, nativa de esta tierra. Se acercó más a ella, esforzándose por escuchar las rítmicas palabras que se habían hecho más y más intensas en tanto se adentraba en el pasado.

—Nuestra gente mexica sufrió el desarraigo, ya que fuimos expulsados de nuestro reino, como hojas desparramadas, por los españoles. Creíamos que éramos la luz del universo y que nuestra ciudad era el espejo del mundo. En su lugar, fuimos desarraigados y destruidos por su gente. Al principio, fuimos mermados por el hambre y la peste; sólo nos quedaba llorar al comprender que ahora nosotros éramos los forasteros en esta tierra, y no ustedes. Nuestros guerreros fueron humillados y murieron con tierra en la boca. En cuanto a mí, era joven en ese entonces y caminé con mis hijos sin rumbo entre las multitudes de gente que deambulaba perdida. Como los demás, tenía la esperanza de que los dioses sintieran piedad.

Ella interrumpió de repente como si se hubiera dado cuenta de que, inconscientemente, había revelado sus secretos. Después supiró y murmuró, —pero eso ya pasó.

El padre Benito sintió vergüenza por lo que había escuchado. Sin saber qué decir esperó, deseando que las palabras adecuadas vinieran a él. Nada se le ocurrió, entonces decidió pedirle a la mujer que comenzara su confesión.

—Señora, la mañana se acerca a su fin y necesito regresar para oficiar la misa esta tarde. Por favor, ¿empezamos? En el nombre del Padre, y del Hijo y del Espíritu San. . .

—¡Usted desea escuchar mis pecados ¿no?! —Interrumpió al sacerdote. Su voz era chillona y había abandonado sus tonos suaves. Como el padre Benito la miró sin contestar, añadió— Ni siquiera sabe mi nombre y ya quiere oír mis pecados.

—Ha sido usted la que me ha hecho venir. ¡Por favor! Comencemos. —Esta vez silenciosamente hizo la señal de la cruz.

—Me llamo Huitzitzilín, pero como conozco la dificultad que representa el pronunciar palabras en mi idioma, puede llamarme "Colibrí", ya que eso significa. —Dijo y alisó los dobleces del chal, acentuando los perfilados ángulos de sus hombros.

—Aunque ahora soy indigente, vengo de una casta noble, descendiente de los reyes mexicas. El camino de mi vida ha tomado rumbos inesperados. El primero de esos cambios sucedió mucho antes de la llegada de sus capitanes, cuando todavía era una niña. Un día que fui a nadar con Zintle.

—El nadar no es pecado.

—¿Es pecado fornicar?

El padre Benito se sonrojó tan intensamente que la piel alrededor de sus cejas se tornó morada. Se quedó de nuevo sin palabras, y desvió su rostro de la mirada inquisitiva de la anciana.

—Zintle era mi primo. Él también era noble, y al igual que yo, pagó un alto precio por ese accidente. Oirá más sobre él después. En el día del que le estoy hablando, nosotros corríamos hacia el río. Jugueteábamos y saltábamos. Brincábamos y hacíamos piruetas. Corríamos en línea recta y luego en zigzag hacía adelante y hacia atrás; siempre dando gritos y alaridos de alegría. Corríamos inconcientes de nuestro vigor juvenil, tomando el don de la energía con ligereza. Corrimos hasta que nos quedamos sin aliento. Luego nos tumbamos sobre el berrizal que cubría la rivera del río. Todavía siento el olor dulce y húmedo del verde tapete.

Huitzitzilín dejó de hablar y volteó su mirada al monje. Vio que aunque estaba cabizbajo parecía estar escuchándola.

—Nos reíamos, resoplando a través de nuestras narices y después burlándonos aún más de los sonidos que estábamos haciendo. ¿Qué nos causaba tanta risa? No lo sé.

—Señora, discúlpeme, pero esto no es una . . .

Huitzitzilín levantó su mano rígidamente, apuntándola hacia la cara del monje, en lo que escuchó su queja. —¡Ya viene!

—¿Qué?

—El pecado. ¿Es eso lo que usted quiere escuchar, no?

Esta vez la cara del padre Benito reflejó irritación, pero no dijo nada.

—Fue idea de Zintle. Dijo que deberíamos quitarnos la ropa. Lo hice. Cuando me fijé en él vi que éramos diferentes. Para ese momento, no había tenido todavía mi primer sangramiento.

La anciana dejó de hablar y observó al padre Benito. Cohibido, él miraba los azulejos del piso. Ella prosiguió su confesión.

—Saltamos al río, salpicándonos con agua mientras gritábamos como si las gotas quemaran nuestra piel. Fingíamos tener miedo al empujarnos al agua, y sacábamos el agua de nuestras bocas, escupiéndola, rociándonos el uno al otro.

—Luego Zintle hizo algo que nos causó gracia. Salió a la orilla del río, arrancó una gran hoja verde de un árbol que sobresalía, le hizo un hoyo en el centro con su dedo, y después se la enganchó en el pene. Ambos nos asombramos de que la hoja así puesta, parecía exactamente como una flor verde y dorada que prendía de su cuerpo. Primero la miramos, después rompimos en carcajadas. Me retó a que hiciera lo mismo, pero sólo logré pasar mi dedo por la hoja y mantenerla pegada a mi cuerpo.

—Cuando nos cansamos de reírnos, nos recostamos en el zacate y nos secamos. Sin decir nada, Zintle se volteó y su cara quedó justo sobre la mía. Nunca habíamos hecho esto antes, y aunque sabíamos que no era correcto para una joven hacer algo así antes del matrimonio, no nos detuvimos.

—Había algo distinto en sus ojos, y creo que él vio lo mismo en los míos. De pronto sentí su aliento en mis mejillas y sus labios rozando mis ojos, mi mentón, mis labios. Después se puso sobre mí y pude sentir su parte masculina revoloteando entre mis piernas.

—¡Por favor, señora, usted puede estar segura de que entiendo que fornicó con el muchacho. No necesita describirlo más. —El padre Benito se puso de pie enfrente de Huitzitzilín y dirigió su mirada severa hacia ella—. Además, no puedo creer que no haya confesado este pecado antes. Una mujer de su edad. . .

—¡No! Nunca le he dicho esto a nadie porque no le he contado mi vida a nadie.

El sacerdote se mostró confundido. —¿Por qué me cuenta todas estas cosas?

—Porque pronto moriré y es necesario que alguien se entere de cómo fue que mi pueblo y yo llegamos a lo que somos ahora. Por favor, joven cura, siéntese y escúcheme.

El padre Benito la obedeció a pesar de su evidente deseo de retirarse. —La absuelvo de sus pecados. —Con una mano contra su pecho, alzaba la segunda, orando en preparación de la absolución.

Pero Huitzitzilín lo interrumpió. Habló con rapidez. —¡Un momento! ¡Hay más!

—¿Más?

Con la mano paralizada en el aire, el padre repitió perplejo las palabras de la mujer. La miró con asombro total durante un rato antes de darse cuenta de que tenía la boca abierta. Comprendiendo que se veía tonto, la cerró. El estruendo de sus dientes lo asustó. Bajó la mirada a sus pies por un rato antes de decidir que hacer.

—Debo irme ahora. Regresaré mañana a la misma hora.

Capítulo II

Temprano al día siguiente, el padre Benito caminaba de prisa por el pueblo, deslizándose de vez en cuando en el pavimento empedrado mientras se dirigía al convento. Aún pensaba en la mujer anciana que lo esperaba en el claustro oscuro. Sin darse cuenta, movía la cabeza mientras caminaba. Notó que no le había sido posible olvidarla ni a ella ni a sus palabras, ni siquiera mientras celebraba la misa o cenaba con sus hermanos frailes. Lo había fascinado, y quería saber más acerca de ella porque no era como los nativos que sus profesores habían descrito en España.

Murmuraba bajo su aliento, cuestionándose por qué no se le había ocurrido antes que la gente de esta nueva misión podía ser similar a su propia gente. Inesperadamente, la anciana clavó esta idea en su mente, y tener conciencia de esto lo incomodaba. Ella había hablado hasta de un padre, un hogar, una familia. Los escritos y lo que le habían enseñado en la preparación para su trabajo de evangelización no habían mencionado tales cosas, y se reprochaba por su ignorancia.

Huitzitzilín había confesado un pecado carnal, algo que hasta le había sucedido a él cuando era un joven. Esta transgresión de su juventud lo cautivó; le dijo que ella era como él, y como todos los demás. Más importante aún, al igual que su propia gente, ella reconoció que hizo mal y estaba consciente de eso, como si fuera una creyente. Benito se preguntó cómo ella sabía que eso era malo cuando todavía no era cristiana. Al detenerse en la entrada del convento, hizo una pausa momentanea, preguntándose qué otros pecados tendría que confesar la mujer.

El padre Benito tiró de la cuerda y la campana sonó ruidosamente. Oyó pasos acercándose a la puerta y una pausa, y entonces la mirilla de la puerta se abrió. Los mismos ojos pequeños del día anterior lo observaron, y luego la entrada se abrió sin que la portera dijera nada. El cura cruzó el umbral; también mantuvo el silencio mientras la monja lo coducía hasta el final del claustro. En esta ocasión el cura buscaba a la anciana, sin prestar atención al jardín o a sus alrededores.

—Buenos días, señora.

El sacerdote se paró a cierta distancia de Huitzitzilín, y se preguntaba si la mujer se había movido desde la última vez que la vio, porque se encontraba sentada en el mismo lugar y vestía la misma ropa. Al igual que el día anterior, cantaba y se mecía en su silla. Pasaron varios minutos antes de que ella volteara hacia él, levantara su frágil mano y le señalara un lugar cerca de ella.

—Joven cura, tengo un pecado que confesar hoy, pero primero, ¿le puedo contar más de mí y de mis costumbres?

Él se sentó junto a ella sin hablar. Quería saber más sobre su gente, pero temía que ella malinterpretara su interés como aprobación de actos profanos que habían realizado en nombre de la religión.

—Señora —habló Benito pausadamente—, debe olvidar las costumbres y creencias antiguas de su gente; se han ido para nunca regresar. Es más, siempre pertenecieron a Satanás y están llenas de pecado. Será mejor que continuemos con su confesión.

Huitzitzilín se quedó mirando al padre Benito mientras él sacaba la estola del bolsillo de su hábito y la colocaba sobre sus hombros. La mirada de Huitzitzilín no mostraba desafío sino asombro. Sin embargo, después de unos instantes, volteó su mirada hacia sus manos que se crispaban en su regazo. Comenzó a tararear hasta que el sacerdote se movió incómodamente en su silla.

—Nuestros dioses eran caprichosos.

—Por favor no hable así.

—¿Por qué no?

—Porque es idolatría alabar imágenes de piedra como lo hacía su gente en el pasado.

—¡Los templos de ustedes están llenos de estatuas!

Las palabras de Huitzitzilín eran fuertes y pusieron al padre Benito a la defensiva. La observaba en silencio, dudando en responder porque estaba angustiado. Por una parte, su reciente preparación para la evangelización de esta gente le había enseñado cómo responder a semejante acusación; no era nada nuevo. Pero por otro lado, la anciana había manifestado sus pensamientos con tanta firmeza e inteligencia que él se sintió inseguro y casi estaba de acuerdo con ella.

Meditó sobre esto por unos momentos, luego suspiró profundamente mientras asentía con la cabeza. No obstante, hizo la señal de la cruz como preparándose para oír una confesión. Mientras tanto una idea estaba comenzando a formarse en su mente. Se dijo a sí mismo que todo lo que esta mujer tenía que decir sobre su gente podría ser tan valioso como los relatos que los capitanes del primer descubrimiento habían escrito y enviado a España. Quizás podría conseguir suficiente información de ella como para crear una obra que sirviera a los que vinieran después de él.

—Por favor, señora, permítame escuchar sobre sus costumbres.

—De todos los años de mi juventud es el sexto el que resalta como uno de los más memorables, porque fue el año en que los mexicas observaron el Cerro de la Estrella, una ceremonia que sucedía cada cincuenta y dos años, que significaba el fin de una época y el inicio de la otra. Una nueva época que no estaba garantizada, sin embargo; y que dependía únicamente de los caprichos de los dioses, y saber esto nos ponía nerviosos a todos.

—Estábamos en la época del Quinto Sol y hasta ese entonces habíamos logrado conservar el favor de los dioses. En cambio, pueblos anteriores no tuvieron la misma suerte, y fueron devorados por gatos salvajes o fueron transformados en monos. Inundaciones y plagas de hambre destruyeron a otros.

El padre Benito escuchaba atentamente, pero pronto comprendió que esta información no era nueva. Había leído varias crónicas escritas por misioneros y capitanes que describían cómo los mexicas calculaban el tiempo. También había estudiado el material como estudiante universitario. De pronto sintió un dolor de cabeza igual al que le daba cuando intentaba pronunciar la lengua de esta gente.

Mientras Huitzitzilín hablaba, él recordó los días en que era forzado a repasar las enseñanzas aburridas y detalladas de maestros recién llegados de Las Indias. Cada uno daba una versión distinta de las costumbres, los nombres y los rituales de los mexicas.

A pesar de todo, el monje tenía curiosidad por ver si la mujer tenía algo nuevo que añadir. —¿Por qué fue tan importante esa etapa para usted, si era sólo una niña?

—Esa época fue importante para mí por tres razones. La primera fue que Zintle, un niño como yo, estaba allí también.

—¿El mismo que mencionó ayer?

—Sí. El mismo; el que yo amaba. La segunda razón fue que vi por primera vez muy de cerca, a nuestro rey. Usted conoce su nombre. Moctezuma. Y la última razón fue que, tal como sucedió, esta ceremonia sería la última. Estaba destinada a marcar la extinción de nuestro mundo. Nuestra era llegó a su fin después de todo. No fuimos destruidos por inundaciones, ni devorados por tigres sino por su gente.

El padre Benito giró la cabeza para dirigirle una mirada furibunda, sabiendo que sus ojos reflejaban la ofensa que sentía. Pero la mirada de Huitzitzilín estaba dirigida hacia otra parte. Ella parecía abstraída, como si su espíritu se encontrara en otro lugar. Él dejó pasar algunos minutos, intentando controlar sus emociones, y mientras hacía esto, batallaba por comprender la manera de pensar de Huitzitzilín. Cuando por fin habló, se alegró de haberlo hecho de manera serena.

—No hemos devorado a su gente. Al contrario, les trajimos la redención de nuestro Salvador.

Repentinamente, Huitzitzilín interrumpió al padre Benito —¡Sí, sí! Me lo han contado varias veces. —De nuevo en su voz había un tono sarcástico—. Esa noche Moctezuma condujo su séquito al sitio de honor. Todavía lo recuerdo a él y a la dignidad con la que erguía su cabeza, su cuerpo, todo su ser. Su piel era de color caoba. Su cara era ovalada, su frente ancha, y sus ojos ardían como los de un jaguar. Su vestimenta en esa ocasión era de algodón negro, incluso las plumas de quetzal en su penacho habían sido teñidas de negro. Todas sus joyas eran de oro porque él era ambos, rey y sacerdote.

El padre Benito se dio cuenta que estaba escuchando una descripción que ninguna crónica ni carta jamás había relatado. Con excepción del capitán Hernán Cortés y de unos pocos soldados que habían sobrevivido las batallas por esta ciudad, nadie más había vivido para hablar del emperador. Incluso ahora, la mayoría de los españoles lo creían una leyenda y nada más. Pero el énfasis de Huitzitzilín en el hecho de que el emperador era sacerdote lo molestaba bastante, así que puso su mano sobre el hombro de la mujer, y lo apretó suavemente.

—Usted no quiere decir que el rey era un sacerdote, ¿verdad? Quizás era mago o algo semejanto porque, esté segura, él no podía haber sido un sacerdote.

—¡Era sacerdote! Y como ustedes mismos afirman en sus misas, un sacerdote sigue siéndolo por siempre.

El padre Benito suspiró y se quedó tranquilo, sólo porque deseaba esuchar más.

—Moctezuma se situó junto al sacerdote principal y juntos iniciaron la oración a nuestros dioses. Ambos alzaron sus manos en reverencia. Los dedos de sus manos estaban tan tensos y encrispados que, bajo la luz de esa noche de noches, parecían las garras de unas aves de pulmas negras talladas en piedra.

Volteó Huitzitzilín hacia el padre Benito. —¿Quiere oír su oración, joven cura? ¿O será castigado por sus superiores por escucharme?

Él no se había dado cuenta de que ella sabía tanto de su forma de vida y de su congregación, la cual prohibía cualquier referencia a las prácticas que la Santa Iglesia intentaba erradicar. Pero el padre Benito quería saber más, y se reacomodaba en su silla mientras sentía que un nuevo tipo de curiosidad lo dominaba. Miró nervioso sobre sus hombros, como tratando de asegurarse de que nadie más estaba escuchando lo que la anciana estaba por decir.

—Sí, quiero escuchar. —Su voz era casi como un susurro.

—Moctezuma y el sacerdote principal cantaban juntos así "¡Oh señor de la mano izquierda emplumada! ¡Oh señor, ave hechicera. . ."

—¡Pare! ¡Pare! —Repentinamente el padre Benito se arrepintió de haber permitido a la mujer repetir frases satánicas en su presencia—. ¡Por favor no diga más! Debe tratar de olvidar esas palabras sacrílegas.

—¿Por qué?

—Porque invocan al mismo diablo de la boca del infierno. ¿No entiende? Tiene oídos, ¿no? Escuchó que la oración llamaba al dios de la brujería, ¡el mismo Satanás!

—Quizás.

El cura se avergonzó porque pensó que le hacía gracia a Huitzitzilín. Tal vez, él pensó, había estado exagerando en su manera de reaccionar a la oración, y probablemente era la introducción a detalles más interesantes. Intentó otra forma de acercarse.

—Señora, ¿por qué no me dice lo que sucedió esa noche? Por supuesto, puede omitir las oraciones.

Huitzitzilín sonrió. —Sí, le puedo contar mucho de lo que sucedió en esa noche. Recuerde que fue la noche más importante de nuestra historia, porque resultó ser el fin de nuestro quinto sol.

—Permítame contarle lo que el sacerdote principal hizo. Comenzó con una oración, no repetiré las palabras, y su voz que resonaba como si saliera de un tambor enorme. Sus cantos invocaron a unos dioses que yo nunca había oído mencionar. Hacia sonar la sonaja sagrada con su mano derecha y fingía cortar el aire de la negra noche con el cuchillo de obsidiana que llevaba en la mano izquierda. La vestimenta de color cuervo que cubría su cuerpo aleteaba, mientras él giraba alrededor. Luego empezó a moverse sinuosamente para arriba y para abajo, ondulando como una serpiente, como si copulara con una mujer. Lo hizo una y otra vez, al tiempo que su pelo largo hasta la cintura, enredado e impregnado con la sangre de la inmolación, volaba por los aires.

Cuando Huitzitzilín hizo una pausa, giró para ver al padre Benito, quien estaba sentado con la cara entre las manos. Estaba tenso y tenía el cuerpo encorvado. No dijo nada por un largo rato, pero ella sabía que había escuchado todo y que se encontraba en un mar de confusiones.

—No le contaré más de esto porque veo que está incómodo con la referencia a la copulación y a la sangre. Pero ¿no es esto característico de todos los hombres? Los mexicas no fueron los únicos en violar y sacrificar al enemigo. Pero ¡basta! Terminaré con decirle que la estrella que esperábamos esa noche sí apareció. Pero fue en vano, porque incluso con su aparición, como ya le he dicho, nuestra época llegó a su fin.

El padre Benito miró a Huitzitzilín, y sus ojos denunciaban la agitación que lo atormentaba. El temor y la repugnancia lo angustiaban, al igual que el deseo inexplicable de querer saber más de la anciana y su pasado. Sin embargo, sabía que había transgredido los límites de una simple búsqueda de conocimientos e información cuando voluntariamente escuchó lo que estaba prohibido por su propia religión. Se sentía amargamente culpable porque fue él quien la animó a recordar su sórdido pasado.

Huitzitzilín percibió la angustia del padre Benito y decidió volver al motivo principal de su visita, su confesión. —Permítame confesar otro de mis pecados, joven cura. Permanecí en casa de mi padre hasta los quince años de edad. Poco después, me mandaron a Tenochtitlán para completar mi preparación para el matrimonio. Allí formé parte de la corte que acompañaba a Mozctezuma, para así conocer candidatos que podrían ser elegibles para casarse conmigo.

El padre Benito comenzaba a recuperar su compostura en tanto la mujer explicaba las prácticas que eran casi iguales a las de su propia gente, y se preparó, agradecido, para escuchar la confesión. Esta vez fue paciente, esperando a que llegara al pecado que pondría fin a su visita de esa tarde.

—Zintle también fue enviado a la corte porque, como ya le he mencionado, era pariente de sangre de Moctezuma y debía estar preparado en caso de que un día fuera elegido como gobernador, o incluso rey.

—¡Y fornicaron de nuevo!

La voz del sacerdote era presumida, casi sarcástica. Sin embargo, era alivio lo que sentía porque, por lo menos, éste era un pecado con el cual podría lidiar. La Santa Iglesia conocía bien la debilidad carnal, a diferencia de las costumbres demoníacas de la gente de esa mujer.

Huitzitzilín observaba al cura. Su mirada demostraba una mezcla de ofensa y hostilidad, como si las palabras del cura le hubieran robado o tracionado.

—Sí, varias veces. Él y yo aprovechamos cada oportunidad posible para amarnos. Hasta que llegó el mes cuando pararon mis menstruaciones y supe que estaba encinta. En ese momento fui a ver a una curandera, una mujer no mucho mayor que yo, pero que conocía los remedios y los secretos de las hierbas. Preparó un remedio y lo depositó en una olla para cocinarla. Luego me senté en la olla para que los vapores entraran a mi cuerpo. Al día siguiente me libré del niño que hubiera hecho que me mataran antes de tiempo.

El padre Benito se quedó atónito por la confesión de Huitzitzilín. Primero la veía sin saber qué decir, después miró hacia abajo, clavando la vista en las tiras de cuero de sus sandalias. Su mente intentaba y luchaba por encontrar el perdón por lo que ella había hecho. Esta ofensa era mucho más grave que un simple pecado carnal.

—¿Usted le quitó la vida a una criatura, y está pidiendo perdón?

—¿Quién es el que perdona, usted o su Dios?

—Dios. Yo soy solamente un instrumento.

—Entonces tiene que absolverme.

—Sólo si se arrepiente.

—Me hubieran matado si él lo hubiera descubierto.

—¿Él? ¿Quiere decir el muchacho con quien. . .?

—¡No! Él no. Hablo de la persona a quien estaba prometida. Se llamaba Tetla, y fui dada a él como concubina. Era como si fuera su esposa. Me hubiera arrancado el corazón por haberlo engañado con otro hombre. Como puede ver, era la vida de la criatura, o la mía. ¿Qué hubiera hecho usted en mi lugar?

El sacerdote se horrorizó con la pregunta. —Es imposible ponerme en su lugar. Soy un hombre, no una mujer.

—Entonces no me juzgue.

—No la juzgo. Simplemente le estoy preguntando si se arrepiente de su pecado más grave.

—Si la situación se presentase de nuevo, haría lo mismo, porque significaba mi vida.

Benito estaba exhausto por el apresurado y casi hostil intercambio de palabras. Se mostraba pasmado por la determinación y la audacia de la mujer.

—La quiero absolver, pero necesita darme tiempo.

—Sí, quiero que regrese porque hay mucho más que tengo que confesar.

Cuando el cura salió esa tarde, le dolía la cabeza y el estómago vacío le gruñía. Mientras se dirigía hacia el monasterio se puso a pensar en por qué el destino lo había guiado a la puerta de semejante mujer. Estaba intrigado y confundido porque no se había imaginado que los nativos de esta tierra pudieran ser tan complejos. Más que nada, él mismo estaba asombrado de sentir repulsión y a la vez atracción hacia ella.

Capítulo III

—Padre, en varias ocasiones he escuchado a sus hermanos monjes decir que es pecado para una mujer mentir a su marido acerca de su virginidad antes de casarse. ¿Cree usted lo mismo?

—Sí.

El padre Benito había regresado con Huitzitzilín. La noche anterior había sido difícil para él porque no había sido capaz de dormir pensando en ella. Le había confesado el aborto voluntario de una criatura, pero sabía que como sacerdote tenía la obligación de absolverla. Aún así, se encontraba en un conflicto porque no hallaba la manera de perdonarla. Por otro lado, el argumento de que temía por su vida fue algo que él repasó varias veces en su mente, y finalmente empezó a valorar sus circunstancias.

Después de la misa de la mañana, Benito habló con su superior, el padre Anselmo, esperando encontrar consejos con respecto a las revelaciones de la mujer indígena y sus inesperadas y abruptas tangentes. La conversación entre ambos duró más de dos horas, pero después se sintió en paz. Comprendió que lo que tenía que hacer era discernir entre los pecados de Huitzitzilín y las costumbres de su gente. Lo primero era para ser absuelto y olvidado; lo segundo para ser puesto por escrito en papel.

Tratando de desviar su inminente confesión, Benito la guió en otra dirección. —Por favor cuénteme lo que recuerda de esta ciudad durante su juventud.

—Tenochtitlán era una ciudad de elegancia y grandeza sin igual, —respondió—. Era una joya ubicada en el Anáhuac, un valle bordeado de volcanes, montañas y tierra fértil. Nuestra ciudad fue construida en una isla en medio de un lago. No se puede imaginar la belleza de sus palacios, templos y mercados.

Huitzitzilín interrumpió la descripción y miró a Benito con una sonrisa remilgada. —¿Le cuento más sobre Zintle y yo?

Los ojos del padre Benito huyeron inmediatamente de Huitzitzilín, tratando de ocultar la sangre que surgía y coloreaba su frente y sus mejillas. Por dentro, se reprochaba el haber sido traicionado por sus propios nervios mientras ella hacía mención de sus transgresiones sexuales. Intentando distraer a la mujer de nuevo, preguntó —¿Puedo, de vez en cuando, escribir lo que dice?

—Creí que usted olvidaría los pecados dichos en la confesión.

—Tiene razón. Sin embargo, no son sus pecados los que pondría en el papel, sino la gran variedad de cosas interesantes que cuenta sobre su gente.

El padre Benito se estiró para alcanzar la bolsa de cuero que había dejado a sus pies. De ella sacó hojas de papel y un frasco de tinta. Después tanteó varias veces, luchando por encontrar la pluma que pensó que había traído junto con el papel. Después de encontrarla, su atención volvió a Huitzitzilín quien parecía divertida y entretenida con sus esfuerzos. Ella por el momento dejó a un lado el hacer más comentarios acerca de Zintle.

—Cuando llegué a Tenochtitán fui hospedada en casa de mi abuelo Ahuitzotl. Fue allí donde esperé la propuesta de Tetla para ser una de sus concubinas. Debo confesar que, aunque mi corazón era joven, estaba lleno de confusiones durante esos meses. Mi espíritu estaba peturbado y destrozado por los sentimientos que desde ese entonces me perseguían como sombras siniestras. El miedo de pensar en la reacción de Tetla al darse cuenta del engaño sobre mi virginidad me afligía gravemente.

El padre Benito la interrumpió nervioso. —¿Le puedo pedir que primero me explique las costumbres y tradiciones con respecto a la ceremonia de matrimonio y que guarde su confesión hasta el final?

—Está bien. Pero la mención de la pérdida de mi virginidad no es parte de mi confesión, joven cura.

El cura se aclaró la garganta pero no dijo nada. En cambio, acomodó el papel y metió la punta de la pluma dentro de la tinta. Luego, miró a Huitzitzilín, dejándole saber con su mirada que estaba listo para recoger sus palabras.

—Era de mañana cuando me llamaron para escuchar al mensajero de Tetla repetir los planes para mi concubinato. Al entrar, miré a mi alrededor y percibí por primera vez la formalidad del acontecimiento, ya que no había ni una mujer presente. Sólo asistían hombres, incluyendo al sacerdote principal, uno o dos de los consejeros del rey, el gobernador de la ciudad quien sería testigo principal debido a la distinguida posición de Tetla dentro del gobierno de la ciudad, varios hombres de mi familia y mi padre. Todos estaban de pie, de acuerdo a la costumbre en estas ocasiones especiales.

Huitzitzilín hizo una pausa y miró al padre Benito quien garabateaba las palabras lo más rápido posible. Ella levantó su cabeza, como expresando interés en lo que él hacía, y luego regresó a sus recuerdos.

—Las siguientes fueron las palabras que me comunicaron a través del mensajero de Tetla: "Tome en cuenta, señorita Huitzitzilín, que yo, Tetla, asistente principal del gobernador de Tenochtitlán, la tomaré como concubina para formar parte de mi casa dentro de diez días. Por tal motivo, permita que este comunicado sea la confirmación pública y formal de mis intenciones, al igual que la orden oficial de que comience su limpieza necesaria para su integración a mi familia. Dentro de cinco días al amanecer, comenzarán las preparaciones en el templo de Tonantzin".

El padre Benito se detuvo repentinamente. —¿Limpieza? No entiendo.

—Las mujeres se consideran sucias hasta ser limpiadas para el matrimonio. En cambio, los hombres mexicas se consideran a sí mismos bastante puros. ¿Qué no es así entre sus compañeros?

El sacerdote percibió el toque sarcástico de las palabras de la mujer y se propuso tener más cuidado en el futuro. Para que esta fuera una crónica precisa, el padre necesitaba identificar los momentos, si había alguno, en los que Huitzitzilín criticaba a su propia gente.

—¿Qué sentí al escuchar esas palabras? Bueno, tendría que decir que no recuerdo exactamente. Sí recuerdo haberme sentido tensa y fría, y eso probablemente fue porque comprendí que mi destino estaba de algún modo encapsulado en esas cuantas palabras desdeñosas. Recuerdo sentir que estaba hecha de piedra, congelada como la nieve en los volcanes, inmóvil como si mis pies estuvieran plantados en el suelo donde estaba parada. Mi destino era convertirme en la posesión de un hombre a quien no conocía, pero por quien ya había empezado a sentir repugnancia.

El padre Benito de nuevo detuvo su pluma. —En mi tierra esto ocurre también. Una doncella es entregada a un hombre y se espera que eventualmente la felicidad venga a ella. Seguramente toda mujer sabe que un día será desposada.

—Sí, pero existe una gran diferencia entre el saber y el comprender. El abismo entre los dos puede ser inmenso. Allí parada en el centro del cuarto, con tantos ojos fijos en mí, entendí que era una mujer y el dolor de esa transformación era tal que pensé que moriría en ese instante.

Huitzitzilín se interrumpió mientras escuchaba el lejano sonido de una campana tañendo. El padre Benito también dejo lo que escribía y alzó la cabeza al escuchar el sonido metálico. Dándose cuenta de qué hora era, volvió su cabeza hacia ella.
—Es mediodía. Quizás deberíamos hacer una pausa para que descanse y coma algo.

—No. Estoy dispuesta a continuar si es que todavía está interesado en mi historia. Y si no, entonces puedo hacer una lista de mis pecados para que pueda regresar a reunirse con sus hermanos en el monasterio.

El padre Benito negó con la cabeza dejándole saber que prefería los detalles que ella le estaba dando.

—Permítame contar entonces lo que sucedió durante los últimos cinco días cuando todavía estaba libre. Si alguien me pidiera señalar el momento más crítico de mi vida, diría que fueron esos cinco días. Ah, verdaderamente tuve muchas encrucijadas en mi vida después de ese lapso, pero al refleccionar sobre mi pasado puedo ver que esos cinco días fueron cruciales.

—¿Por qué fueron tan importantes?

—Eran importantes para toda doncella mexica porque eran los días en que una mujer se preparaba para desposarse. Para mí, fueron significativos porque al finalizar estaría casada con Tetla. Me aterrorizaba pensar en lo que podría suceder cuando descubriera que no era virgen. De hecho, pensaba que esos días iban a ser los últimos de mi vida.

—En España, el esposo tiene todo el derecho de matar a su esposa por engañarlo.

—En los tiempos de los mexicas, éste, también, era un privilegio de los hombres. Sin embargo, Tetla era bastante orgulloso. El matarme sería un reconocimiento público de su propia deshonra. Yo recé durante esos días antes de la ceremonia para que él temiera la vergüenza de la humillación pública y la burla, y así mantuviera la verdad para sí mismo. Con eso tendría que dejarme vivir. Como ve, estaba desgarrada con la incertidumbre de saber si viviría o no.

El padre Benito asintió con un gesto de comprensión. Estaba sorprendido por la compasión que sentía por Huitzitzilín. Se asombraba de sí mismo porque jamás se imaginó que pudiera simpatizar con una mujer que había decepcionado y engañado a su marido. En un intento de negar lo que sentía le cambió la dirección de la conversación.

—¿Cómo era Tetla físicamente?

—Yo diría que muy feo. Yo tenía quince años y él muchos más. Sus ojos lujuriosos me miraban de una manera asquerosa. Le colgaban capas de piel bajo esos ojos terribles y aunque usaba mantas ricamente decoradas, el exceso de grasa en su cuerpo era notable.

—Ya veo. Y ¿una concubina era considerada menos importante que una esposa como lo es en mi país?

—No. Un hombre podía tener numerosas esposas y varias concubinas.

El padre Benito miraba intensamente a Huitzitzilín, como si tratara de desatar un complicado nudo. —Entonces ¿por qué tomaban concubinas si las podían hacer sus esposas? Me hace pensar que de algún modo la concubina tenía menos valor.

Huitzitzilín apretó los labios y arrugó la frente reflexionando sobre las palabras del cura . Él pensó que ella se asemejaba a un gorrión.

—He olvidado la respuesta a su pregunta. Ya no recuerdo la diferencia. Lo que sí recuerdo es que la ceremonia para el matrimonio era la misma.

—Me interesa la ceremonia, o cualquier ritual que se hiciera. ¿Puede recordar algo de los días de preparación?

La mujer se arrellanó en su silla mientras entretejía sus huesudos dedos. Su cuerpo frágil permanecía con el padre Benito pero él se dio cuenta de que su mente había viajado al tiempo de su juventud.

—El primer día era el día en que la joven sería dedicada a la diosa de la tierra y la fertilidad, Tonantzin; la ceremonía comenzaba al amanecer. El ritual no duraba mucho e involucraba al sacerdote principal, detesté a esa vieja víbora para cuando esos cinco días finalizaron, unas pocas oraciones balbuceadas, jóvenes que roseaban pétalos sobre la cabeza de la mujer, y el entierro de pequeñas replicas de la diosa hechas de piedra para asegurar la fertilidad de la que sería desposada.

—¿Odiabas al sacerdote principal? —Le interesaba al padre Benito la presencia sacerdotal en la vida de los mexicas, pero le asombraba la falta de reverencia con la cual Huitzitzilín se refería al hombre. ¿Qué tal si ella pensaba acerca de él, un sacerdote

Católico, de la misma forma? Decidió dejar el asunto para otro momento.

—Fue en este punto de la ceremonia cuando yo recé para que mi vientre no fuese fertilizado.

El cura se confundió momentáneamente al escuchar la respuesta de la mujer. —Quiere decir lo opuesto, ¿no? Usted oró por un vientre fértil.

—No. Lo que dije fue lo que quería decir. No quería embarazarme de Tetla. Ya le dije que sólo sentía una fuerte repugnancia por él.

—Ya entiendo.

—No. Usted no entiende. Pero lo dejaremos así.

Huitzitzilín se sumergió en un silencio que el cura interpretó como disgusto hacia él. Se aclaró la garganta varias veces, tratando de indicarle que estaba listo para continuar.

—En el segundo día, la concubina prometida se presentaba ante el rey y sus consejeros. Su padre y algunos hombres de su familia estaban presentes, ocupando lugares de honor. La ausencia del futuro esposo era obligatoria en esta parte del rito.

Le dolía la mano al padre Benito de escribir todas las palabras de Huitzitzilín, y se vio obligado a hacer una pausa cuando uno de sus dedos se acalambró. —¿Me permite unos momentos? Me maravilla su memoria.

—Tengo mucho que contarle. Algunas de estas cosas, me temo, no querrá incluir en su crónica.

El sacerdote decidió continuar. —¿Qué sucedió el tercer día?

—El tercer día se reservaba para otra presentación de la doncella, esta vez para el prometido y su familia, si es que tenía.

—Huitzitzilín continuó, ignorando la mirada alarmada del padre Benito—. En el caso de Tetla, la familia incluía a una arrugada lechuza, una mujer más arrugada y fea de lo que yo estoy ahora. A pesar de la edad avanzada de Tetla, ¡todavía tenía viva a su madre! La familia también incluía a su primera esposa, la cual podría haber sido mi propia abuela. También había lo que parecía ser un sin fin de concubinas e hijos. Recuerdo sólo el nombre del hijo mayor, Naxca. A él le seguían una gran cantidad de niños y niñas de todas edades, y las edades disminuían hasta llegar al menor, un niño pequeño que no dejaba de llorar.

—El cuarto día se apartaba para seleccionar el vestido de novia de la doncella, las flores, las joyas y las plumas que se usarían el día de la ceremonia. Ella tenía que escoger a su séquito, unas doncellas especiales que la acompañarían por el resto de las preparaciones y en el rito mismo, y más importante aún, estarían a su lado cuando entrara a la recámara matrimonial.

El padre Benito siseaba despacio entre dientes, creando un sonido suave. Miraba inquisitivamente a Huitzitzilín.

—Sí. Debían presenciar la unión, y lo hacían con gusto. Se dice que el simple hecho de ver el acto puede causar igual cantidad de placer que la misma copulación. No sé. Nunca he visto a otros hacerlo.

De nuevo el padre Benito perdió control sobre la ola de sangre que bañaba su rostro, haciéndolo sonrojar violentamente. Sintió un fuerte enojo a causa de la manera en que la mujer lo sorprendía con sus comentarios.

Huitzitzilín ignoró su agitación y se concentró en la descripción del vestido que había seleccionado. —El vestido que elegí era de algodón blanco y llegaba hasta mis tobillos. Estaba bordado cerca de las mangas, el cuello y a lo largo de todo el frente con flores, aves y enredaderas. Sus colores eran azul, rojo, verde, amarillo y púrpura.

Dirigió su mirada hacia el cura y notó que no estaba escribiendo, sino que se restregaba los nudillos de las manos. Suspiró. —Estoy cansada.

—¿Y el quinto día? ¿Qué sucede en el quinto día?

—Pensaba que había perdido interés en lo que contaba.

—En lo absoluto. Por favor, continúe.

—Ocurría muy poco el último día, excepto que la doncella se pasaba el día rezando, ayunando, y en penitencia, porque al día siguiente sería su boda.

Habiendo dicho esto, Huitzitzilín de repente se calló y se inclinó hacia el cura. Murmuró en voz baja, —Ahora deseo continuar mi confesión.

Cuando comprendió sus palabras, el padre Benito brincó tan rápidamente para alcanzar su estola que tiró todos los papeles en el piso. Casi derramó el frasco pequeño de tinta, pero logró enderezarlo antes de que se cayese. Una vez calmado, hizo la señal de la cruz.

—Sacerdote, ¿me ha absuelto por haberme deshecho de la criatura que llevaba en mi vientre?

Benito sintió que su cuerpo se tensaba porque creía que esta parte de la confesión había quedado atrás. El cura tenía la esperanza de poder agrupar todos sus pecados y no tener que decir que perdonaba un pecado en particular. Sin embargo, y aunque desagradable, la pregunta de la mujer lo forzaba a reaccionar.

—Dios la perdona, señora.

—Pero, ¿me perdona usted?

La veía sin saber qué decir. Jamás un penitente le había preguntado algo semejante. Los católicos de alguna forma sabían y entendían que sólo Dios podía perdonar los pecados. Él resintió esta pregunta tan personal, así que decidió continuar con sus comentarios trillados.

—Yo soy sólo un instrumento.

—Sí, ya sé. Eso lo dijo ayer. Pero, ¿si su Dios está dispuesto a perdonareme, por qué usted no?

Hizo una pausa que duró breves instantes pero que a él le pareció eterna. Al final exclamó impulsivamente, — Sí la . . . ¡Sí la perdono! ¡Sí!

El padre Benito se quedó pasmado al escuchar su propia voz ponunciar palabras que su mente había rehusado aceptar, y sintió un desánimo que lo envolvía y presionaba. Tuvo el deseo de correr lejos de esta mujer, quien evocaba en él pensamientos y sentimientos de los que ni siquiera estaba al tanto.

—¡Qué bueno! Ahora sé que su Dios me ha perdonado. Continuemos mañana. Le contaré sobre la ceremonia de mi matrimonio y sobre la rabia de Tetla.

Huitzitzilín se levantó, tambaleándose ligeramente. Cuando el padre Benito se puso de pie junto a su lado notó su baja estatura: casi no alcanzaba la altura de su pecho. Ella giró y desapareció en la oscuridad del claustro.

Capítulo IV

—Al vislumbrar los primeros rayos del amanecer sobre la plaza central, mi séquito ceremonial estaba listo y esperando. Yo aparentaba estar serena, lo digo con orgullo, aunque dentro de mi pecho me sentía como si los dioses estuvieran emprendiendo una batalla. Me levanté rodeada de las compañeras elegidas, y miré hacia el este, esperando la llegada de los rayos del sol marcando el momento en que sonaría la concha gigante.

El padre Benito había pasado otra noche sin descanso, pero llegó al convento a tiempo, con su bolsa de piel en la mano, listo para registrar lo que Huitzitzilín contara. Todavía se estremecía con las últimas palabras del día anterior. Pero tal como se había presentado la situación, no podía alejarse de ella ni de sus narrativas.

Observó que la mujer indígena parecía estar descansada y ansiosa por continuar su historia. Por otra parte, él se preocupaba porque empezaba a conocer la rutina de sus relatos. Primero hablaba de las viejas costumbres de los mexicas, luego lo sorprendía con un pecado, uno que no esperaba. ¿Cómo terminará este día? se preguntaba.

—Cuando los dorados rayos de luz iluminaron la parte más alta de la gran pirámide, la concha emitió sus notas de duelo. Entonces el tambor ceremonial anunció con fuerza que una doncella más estaba por ofrecerse.

—Yo estaba vestida de manera elegante y podría decir que hasta resplandeciente, envuelta en oro, bellas plumas y gemas. Me quedé de pie con los ojos atentos al borde de las montañas del este de la ciudad, desde donde se divisaban los volcanes. Me imaginaba las tierras que se extendían más allá de las selvas, y hasta más lejos del mar de donde usted vino.

El padre Benito le dio una mirada a Huitzitzilín. La miró un largo rato y de reojo, tratando de imaginarla joven y bella. Lo que más lo atraía era que lo que ella describía había pasado antes de que los capitanes de España descubrieran esta tierra. Hizo un cálculo rápido y llegó a la conclusión de que la boda se llevó cabo tres años antes de la llegada de don Hernán Cortés y treinta y siete años antes de su propio nacimiento. El cura silbó suavemente, pero la voz de la mujer abruptamente lo sacó de sus tribulaciones.

—Comenzó la ceremonia. Primero, dentro del círculo de los privilegiados que se reunieron en la base del templo, estaban el sacerdote principal y Moctezuma, quien me bendijo, rezando para que se me concediera felicidad. Confieso que esto me hizo temblar porque nadie me había mencionado la felicidad, ni mi propia madre. Quizás se debió a la disposición del rey, porque la tristeza lo cubría como una manta. Sus labios y sus palabras lo traicionaban. Recuerde que ya habían señales prediciendo el fin del quinto sol.

El sacerdote dejó de escribir. — ¿Cuáles señales?

—Hubo varios augurios. Uno fue el fuego inexplicable que casi destruyó el templo principal. Otro presagio fue el de las aves muertas que llenaron el lago. Hubo terremotos, mareas extrañas, y la voz de una mujer llorando por sus hijos. Muchas otras señales existían, pero estoy seguro de que sus historiadores ya han escrito sobre ellas.

Él se rozó la barbilla, pensando. —Sí. Ahora recuerdo. ¿Es verdad que el rey Moctezuma esperaba la llegada de nuestros exploradores?

—Es verdad y como la mayoría de los demás, pensó que eran dioses. Después le cuento por qué estaba convencido de eso. Por el momento, permítame continuar con el ritual que me entregó a Tetla. El contrato era bastante simple y consistía sólo de un ademán. El hombre tomaba las manos de la doncella en las suyas y anunciaba un acuerdo de tomarla como concubina, de llenarla de hijos, y de darle de comer.

—La última parte de la ceremonia es una que realzará su crónica. Se trata de una danza en honor a la diosa serpiente. Era realizada por doncellas, quizás veinte o treinta de ellas, dirigidas por mis acompañantes especiales. Qué lástima que nos hayan quitado esas costumbres, porque no nos han dado algo con que reempalzarlas.

—Si le hemos pedido a su gente que abandonen ciertas prácticas es porque están arraigadas en el demonio.

—¿Cómo puede algo bello arraigarse en lo malo?

Como el padre Benito se negó a responder, Huitzitzilín regresó a lo que decía.

—¡Las bailarinas lucían hermosas! Todas juntas, formaban un arco iris de colores, plumas, piedras preciosas y oro. Y el sonido que crearon, . . . ah, . . . ¡jamás ha escuchado algo semejante! Cada mujer tenía chachayotes, o sea, bules pequeños atados a sus tobillos y muñecas; los movimientos de éstos se combinaban para crear un sonido encantador. ¡El rítmico traqueteo de cientos de bules chocando contra las paredes de los templos y pirámides se elevaba cada vez más y más hasta subir en espiral hacia el cielo, alcanzando el mismísimo sol!

El padre Benito dejó de escribir, cautivado por la emoción que había sobrecogido a Huitzitzilín. Ella se sentaba erguida y alzaba las manos sobre su cabeza. Sus manos tensas parecían tratar de alcanzar otro mundo. Él pensó por un instante que el cuerpo de ella oscilaba a un ritmo lejano, distinto al de él.

—El baile imitaba la ondulación de una serpiente, cada joven tomaba la cintura de la que estaba frente a ella. Primero, la serpiente bajó por el templo de Huitzilopochtli, Pájaro hechicero, Señor de la voluntad, donde la danza se había iniciado. Luego serpenteó hasta la plaza central, sus muchos pies descalzos pisoteaban en ritmo, al compás de los tambores, sus hombros y cinturas subiendo y bajando suave pero firmemente. La mujer-culebra después bailó en medio de los señores, nobles y gente

31

común. El ritmo de los tambores aumentó y la serpiente lo seguía, más y más rápido, más y más intenso, las caderas moviéndose, los vientres hacia dentro y hacia fuera como si estuvieran copulando. Pronto llegó el frenesí, el clímax y un abrupto e imprevisto alto.

—Entonces todo cesó. A pesar de que el baile sólo duró un corto tiempo, dejó a las doncellas visiblemente excitadas, pues sus senos se levantaban, y el resto del público parecía estar listo para echarse unos sobre otros.

Huitzitzilín se desplomó en su silla cansada; estaba respirando con dificultad. Después de un tiempo, observó al padre Benito y vió que tenía la mirada perdida. La expresión en su rostro era severa y sus labios mostraban desagrado. Había dejado de escribir.

—¿Está disgustado?

—¡Sí! ¿Ahora puede ver por qué hemos condenado sus costumbres?

—¡Era tan sólo una danza ceremonial que antecedía el acto matrimonial! ¿Qué tiene de malo una cosa así?

—El acto conyugal es privado, secreto y sólo los seguidores de Satanás se atreverían a imitarlo en público. No lo puedo escribir, señora. Seguramente sería castigado, primero por mi superior y después, no lo quiera Dios, por la Santa Inquisición.

—¡Qué tontos son todos ustedes! ¡Era sólo una danza, le digo! Nada más y nada menos. No tenía nada que ver con su Satanás malvado.

Huitzitzilín y el padre Benito se hundieron en un silencio lleno de ira que duró varios minutos; ninguno deseaba hablar. Ella batallaba contra el resentimiento que sentía hacia la actitud del cura, y él contra una intensa excitación física, fuera de control.

Huitzitzilín fue la que finalmente habló. —Lo que sigue es lo que sucedió la noche de mi boda. Pero antes de que usted objete tal descripción porque ofende a los cristianos, permítame decir que es un evento importante en mi vida, y los pecados que he cometido desde entonces dependen de esa noche. Si no hablo de ello, todo lo que sigue carecerá de significado para usted como mi confesor.

—¿Debo entender que está lista para continuar con su confesión? —El sacerdote habló entre dientes y con los labios apretados.

—Sí. Haga a un lado sus instrumentos de escribir porque estoy segura que lo que diré usted lo considerará profano.

En ese instante lo único que deseaba el padre Benito era retirarse de la presencia de la mujer. Sentía que sus palabras lo empujaban hacia el pozo negro del pecado, y temía por sí mismo. Sin embargo, en vez de irse, se puso su estola.

—En medio de las festividades esa noche, había una muchacha joven que se sentaba erguida en su silla, en la cabecera del salón del banquete. A su lado había un hombre viejo y obeso; alguien que le causaba repugnancia. Ella sonreía mientras examinaba cuidadosamente a todos los invitados. Sus ojos parecían estar fijos en un punto distante. La hermosa joven era Huitzitzilín y sus ojos veían lo que sería de su vida si sobreviviera esa noche. También pensaba en Zintle, y en su amor por él.

El sacerdote notó cómo la mujer hablaba de sí misma, como si se tratara de una extraña. Pero como ahora la escuchaba como confesor, no la interrumpió.

—Cuando Tetla terminó de hartarse de comida y bebida, eructó ruidosamente, limpió su flácida boca y volteó sus ojos hacia Huitzitzilín. ¡El corazón de ella se detuvo porque sabía que pronto moriría o se encontraría con algo peor! Tetla mandó a las damas que se pusieran de pie y acompañaran a la concubina a la recámara. Lo hicieron al instante y Huitzitzilín las siguió, dándose cuenta del silencio que envolvía a la gente del salón. Percibió el intercambio de miradas lujuriosas.

El cura puso su mano sobre el hombro de la mujer, tratando de transmitirle la simpatía que inexplicablemente reemplazó a la furia que había sentido unos pocos minutos antes. Quería que ella entendiera que él experimentaba el mismo dolor que ella sentía al contarle su historia, pero vio que ella se había transportado a un tiempo lejano, a un mundo que fue destruido hace tiempo por los capitanes españoles.

—Las acompañantes deberían haber permanecido como testigos del ritual conyugal, pero Tetla les ordenó que salieran. Luego, bruscamente le rompió el vestido a Huitzitzilín. Ella quedó desnuda ante él, expuesta. Él permaneció frente a ella, recorriendo su cuerpo de arriba a abajo, deteniendo la mirada en sus senos, su vientre y en su parte más íntima. Su respiración se hizo más gruesa y rápida, su pico de buitre se apretó.

—Luego señaló con el dedo hacia la cama y le ordenó que se acostara en ella. Lo hizo. Entonces Tetla se agachó sobre ella e inspeccionó sus partes sectretas. Se esforzaba y se asomaba, y la concubina sabía lo que intentaba ver. Pero había poca luz, y los ojos del viejo también fallaban a causa de su edad y de las bebidas, así que no podía darse cuenta de si ella poseía la membrana con la cual nacen las mujeres y que los hombres mexicas valoraban tanto.

—Tetla se dobló aún más, acercando la cara tanto que ella sentía su aliento pasar por sus muslos. Repentinamente ella supo que Tetla iba a hundir su nariz colgante dentro de ella. ¡Sus rodillas violentamente se cerraron de golpe! Se cerraron tan fuerte sobre el cráneo del viejo que le causó mucho dolor.

—¡Ay! gimió mientras se echaba para atrás. Se desorientó e intentó recuperar el equilibrio con la espalda apoyada contra la pared. Huitzitzilín se llenó de terror y, como los bichos que andan por las orillas de un río, se enroscó. Pero Tetla se compuso y regresó a ella, forzándola a abrir su cuerpo. Después violó a la concubina.

—Ella pensó que todo había terminado, que estaba a punto de morir, pero no, porque Tetla decidió no matarla. En lugar de eso, la golpeó. Sus golpes cayeron sobre ella como piedras. Sus puños martillaron su cabeza, su cara, su cuerpo, cualquier lugar donde encontrara un espacio. La arrojó de la cama, estampando sus pies en sus hombros y nalgas. Sus dedos se enredaron en su cabello, y la arrastró por toda la recámara. Luego la levantó como a un saco de maíz y la lanzó contra la pared, aventándola una y otra vez, estrellando su cara contra cualquier superficie que pudiera encontrar. Tetla hizo eso y mucho más sin parar, y lo hizo silenciosamente, sin pronunciar ni una palabra ni sonido.

—La concubina permaneció en silencio también, pero el dolor se volvía más insoportable con cada momento. Su respiración se hacía más lenta y la luz comenzaba a disminuir. Lo único que oía era la respiración de Tetla y su propia garganta jadeando para respirar. Luego, como si estuviera en un hueco de círculos concéntricos, ella comenzó a deslizarse y a caer hacia abajo. . . abajo. . . abajo. . . hacia Mictlán, la tierra de la muerte, y más hondo todavía. . . abajo y abajo . . . hasta más allá del reino donde su príncipe Lucifer se oculta. . . abajo. . . hasta que llegó al abismo de todos los abismos, y hubo oscuridad total.

La voz de la mujer fue seguida por un áspero suspiro, hasta quedarse en silencio. El padre Benito guardó silencio. Sentía tanto su dolor que no podía hablar. Pudo ver que ella estaba conmovida por lo que acababa de contarle y que estaba temblando. Intentó ayudarla ajustando el delgado chal en los hombros de la mujer, pero como vio que no mejoraba, puso su cabeza cerca de la de ella.

—Éste no es su pecado. Fue únicamente de él. Sé que en mi país un hombre haría lo mismo a una mujer pero, de cualquier forma, el pecado todavía es del hombre y no de la mujer. ¿Le puedo pedir que lo perdone para que la angustia desaparezca?

—Le sucedió a ella, no a mí. Es ella quien tiene que perdonar a Tetla por lo que hizo.

El padre Benito miraba fijamente a Huitzitzilín, tratando de entender lo que decía. Luego, frunciendo el seño con incomprensión, movió la cabeza, se levantó y se alejó de ella.

Capítulo V

El padre Benito se sentó calladamente en una silla de cuero y madera cerca del fuego; las llamas de la chimenea retenían su mirada. Estaba en la biblioteca del monasterio frente a su confesor, el padre Anselmo Cano, quien estaba sentado apoyando su delgada mano en su mejilla. A la luz de la chimenea, sus afilados dedos proyectaban sombras sobre su frente huesuda y sobre la capucha puntiaguda que cubría su cabeza. Al desviar la vista del fuego, Benito tuvo la impresión de que el sin fin de libros que los rodeaban, se movían al ritmo de las sombras formadas por el fuego.

Los dos curas guardaron silencio durante un largo rato, un silencio que fue interrumpido sólo por los sonidos crujientes de la leña en llamas. Fue Benito quien finalmente habló.

—Como le he dicho, padre, puedo repetir lo que escuché esta tarde, porque no fue verdaderamente una confesión. La mujer indígena primero me contó sobre la ceremonia de su matrimonio y luego de la golpiza que sufrió a manos del novio.

—Ya veo, y estoy de acuerdo en que no rompa el secreto de la confesión. Pero veo que está bajo una nube de confusión, hermano, y sé que no estaría aquí en este momento si no fuera porque está buscando mi ayuda. Dígame cómo lo puedo ayudar. Después de todo, fui yo quien le aconsejó continuar su conversación con la mujer.

Benito suspiró profundamente, confirmando su confusión.
—Cuando ella describió la dura prueba que sufrió en manos de su marido, la mujer habló como si fuera otra persona.

—¿Cómo así?

—Siempre hablaba de la concubina. Nunca dijo "yo" ni "a mí". ¿Me explico bien, reverendo?

—Entiendo, pero no me puedo explicar por qué una persona hablaría de esta manera. —El padre Anselmo calló abruptamente—. A menos que siempre hable así. ¿Es ése el caso?

—No. Sólo cuando narraba ese incidente empleó esta forma distante de describir lo que le pasó.

Ambos volvieron al silencio. Esta vez el padre Anselmo apoyó sus codos en los descansabrazos de la silla y unió las puntas de sus dedos como si rezara. El padre Benito tenía las manos en su regazo. Afuera había oscurecido, y sólo se podían distinguir los sonidos que venían de los hermanos en la cocina. De vez en cuando se escuchaba el ladrido distante de un perro.

—¿Le ha contado mucho sobre su gente?

—Sí, padre.

—¿Considera que es información nueva?

—Bastante nueva.

—¿Me puede dar un ejemplo?

—¡Con gusto! Ella describió eventos que tienen al emperador Moctezuma como protagonista. Pudo describir la ropa que usó y lo que dijo en esas ocasiones. Si mal no recuerdo, nadie ha registrado semejante información.

—Comprendo. —Era evidente que el padre Anselmo estaba ponderando lo que después diría—. ¿Qué más le ha dicho que considere importante?

—Déjeme ver. —El joven cura se puso a reflexionar por un momento—. Ya he escrito mucho, pero otros ejemplos que se me vienen a la mente son su deseo de describir la ciudad tal como era antes de la conquista.

—El capitán Cortés hizo una descripción parecida.

—Es cierto, reverendo padre, pero la mujer puede describir lo que el capitán dejó fuera. Ella habla de la manera en que los lugares comunes y palacios se mantenían. Hoy mismo, describió una danza ceremonial que, estoy seguro, nuestra gente jamás vio. También se ha referido a las verdaderas razones por las cuales su gente nos esperaba. Esto, estoy seguro, no ha sido escrito todavía.

El padre Anselmo volvió a sus pensamientos durante un largo rato, y luego comentó. —Parece que su tiempo está siendo bien aprovechado. Pero ¿por qué se encuentra preocupado y angustiado? ¿Qué es lo que le perturba de esa mujer?

El padre Benito saltó como si Anselmo lo hubiera pinchado con un alfiler. La pregunta había dado en el blanco. —Es la manera inexplicable que tiene de contar sus pecados. Una forma que no está marcada por el arrepentimiento sino que es como si sus acciones hubiesen sido pura casualidad. Ella se expresa en una manera que me hacer dudar si lo que ha hecho es pecaminoso o no.

El padre Anselmo mostró su preocupación por lo que dijo Benito al repentinamente dejar caer sus manos en su regazo. —¡Por favor, padre! ¡Nunca, nunca repita eso a nadie, aunque lo crea! Las paredes tienen oídos, usted sabe, y la Inquisición está siempre lista para exponer a los herejes.

El sacerdote se echó para atrás, dándose tiempo para recuperar su equilibrio, después continuó, sus ojos miraban fijamente a los ojos del padre. —¡Usted nunca dijo esas palabras! ¡Yo nunca las escuché! ¿Me entiende, hermano?

—Sí, padre. —La voz de Benito era silenciosamente temblorosa.

—¿La mujer es una cristiana bautizada?

—Creo que sí.

—¿Cree que sí? ¿No está seguro?

—Bueno, . . . es que . . . está bajo el cuidado del convento.

—¡Eso no significa nada!

—Ella voluntariamente pidió confesarse.

—¡Pudiera estar tendiéndole una trampa!

—Pero padre, tiene un nombre cristiano.

—¿Cuál?

Alarmado, el padre Benito se dio cuenta con temor de que él no sabía su nombre, sólo sabía el de Colibrí. Decidió que admitir que el nombre de la mujer era el nombre de un ave no sería lo más prudente en este momento lleno de inseguridades.

—No estoy seguro, pero lo averiguaré mañana.

El padre Anselmo suspiró, demostrando su desesperación. —Le doy el permiso de continuar sus reuniones con la mujer bajo ciertas condiciones. Usted debe, primero que nada, prepararse para distinguir entre lo que es simplemente tradición tribal y lo que es un ritual religioso. Nunca le permita a la mujer que mencione a los demonios de su supuesta religión. Debe recordar que su gente estaba rodeada de mucha brujería y que poseían las hablilidades para invocar poderes demoníacos.

El joven sacerdote tragó duro, recordando que ya había violado este entredicho. Benito nerviosamente regresó su atención al padre Anselmo, quien había hecho una pausa para respirar, desvió su cabeza hacia arriba, orientó sus ojos y continuó. —Quizás la extraña manera en la cual describió su boda fue el inicio de un embrujo; las primeras señales de brujería. Es posible.

—No creo, padre, pero seguiré sus consejos.

—Muy bien. —Anselmo hizo pausa y se rascó la barba. Parecía que batallaba con dos ideas. Por fin habló—. Confío en usted, Benito. Sin embargo, tengo una segunda condición. Usted no deberá sentir lástima por sus antiguas costumbres o las tradiciones de su gente. Les hemos traído la redención, no lo olvide. No podemos permitirles que retrocedan.

—No, padre. No olvidaré y acepto esta condición también. —Cerró los ojos, al mismo tiempo recordó la compasión que ya había sentido por Huitzitzilín.

El padre Anselmo se notaba distraído como si pensara en alguna otra cosa. —Nunca seré capaz de comprender por qué esta gente, nosotros y ellos, tan diferente en todos los sentidos, ha cruzado caminos. Quién sabrá por qué nuestras naciones, separadas por vastos océanos, desconociendo la existencia una de la otra hasta ahora, se han encontrado. Cuál pudiera ser la razón, sino es que así lo quizo Dios.

—¡Amén! —Benito hizo la señal de la cruz—. Esto prueba que ellos son seres humanos como nosotros, ¿no?

El anciano cura miraba fijamente a Benito. Sus ojos brillaban con una mezcla de sorpresa y comprensión. Ambos pensaban en los debates, ahora históricos, que se establecieron en las universidades de España. ¿Eran los habitantes de esta tierra seres humanos o criaturas que debían ser domadas? Eso se discutía.

El padre Anselmo se paró silenciosamente y caminó hacia la puerta. La conferencia había terminado. Se deslizaba por los azulejos del piso y el dobladillo de su hábito sonaba ligeramente como un látigo al envolverse entre sus tobillos. Cuando llegó a la puerta, puso su mano en la perrilla y volteó para mirar al joven cura. —Por supuesto que son humanos. La diferencia entre ellos y nosotros, sin embargo, es que nosotros somos el instrumento de su salvación.

Capítulo VI

La siguiente mañana, antes de sentarse junto a ella, el padre Benito interrogó a Huitzitzilín con una serie de preguntas que había preparado.

—¿Es usted una cristiana bautizada, señora?

Ella lo miró con una combinación de curiosidad y asombro. Como no respondía, él se sentó en su silla, hizo una pausa y cambió la pregunta.

—¿Cuál es su nombre de bautismo?

Huitzitzilín apartó su cara de la del cura antes de contestar.

—¿No sabe que todos nosotros fuimos bautizados por sus sacerdotes misioneros? Fue hecho en grupos de docenas o cientos a la vez.

Benito se maldijo por su estupidez; conocía la práctica, por supuesto. Todos los nativos habían sido bautizados, con la excepción de los que huyeron.

—Sí. . . sí, por supuesto. Yo lo sabía. —Tartamudeaba—. Dígame, entonces, ¿cuál es su nombre verdadero? —La cara de la mujer giró velozmente hacía su cara y, sabiendo lo que estaba a punto de decir, él contraatacó—, ¡No! ¡No el nombre del ave! Quiero saber su nombre cristiano.

—María de Belén.

Huitzitzilín habló en una voz tan baja que, aún estando inclinado en su dirección, Benito no pudo oír la respuesta.

—¿Cómo dijo?

La mujer movió sus brazos bruscamente hacia el cura, con las manos formando puños y su boca sin dientes abierta ampliamente. Benito alcanzó a divisar su diminuta, rosada lengua antes de que fuera sacudido por la inesperada fuerte voz que retumbó.

—¡M-a-rí-a-a-a!

Gritó la palabra, la cual hizo eco por entre los pasillos del claustro.

El padre Benito se hizo para atrás, casi perdiendo el equilibrio, pero después de algunos segundos, cuando recobró la compostura, le satisfazo saber que al menos estaba bautizada como cristiana y tenía un nombre aceptable. Frunciendo sus labios y frotando la palma de sus manos, mostró alivio.

—¿Empezamos?

Cuidadosamente alcanzó sus hojas y su pluma, se acomodó en la silla y se preparó para escribir. Pronto alzó la vista y se dio cuenta de que ella se estaba hundiendo en su silla, parecía malhumorada.

—¿La he ofendido?

—¡Sí!

—Estoy obligado a conocer estas cosas de usted.

—¿Cuáles cosas?

—Que usted tiene un nombre cristiano.

—Quiere decir que tiene que asegurarse de que me han robado todo, incluso mi nombre.

El padre Benito estaba consternado. No se imaginaba que la anciana tuviera tanta entereza, ni que pudiera ser tan expresiva. Su ira se había presentado anteriormente, pero no tan rugiente como ahora. Decidió que sería mejor no continuar con el asunto.

—¡Por favor! Continuemos con su historia. Cuénteme lo que le sucedió después de esa horrible noche. ¿Quién le ayudó y cómo llegó a recuperarse?

—Tiene muchas preguntas hoy, ¿no?

Benito la siguió mirando. Su expresión reflejaba su vergüenza, pero descubrió que el fuerte temperamento de la mujer no le molestaba, que se encariñaba con ella y con sus costumbres. Pero las palabras del padre Anselmo se le vinieron a la mente e hizo un esfuerzo para dejar a un lado esos sentimientos hacia la mujer indígena.

Ella empezó a hablar. —No puedo decir cuántos días o cuántas noches pasé en las entrañas del otro mundo, pero fue una batalla intensa para mí. Inconsciente, batallé contra demonios, combatí con calaveras sonrientes, luché con monstruos que me picaban y mordían la piel. Durante mi estupor, sólo el terror me acompañaba, sólo el miedo me alentaba para continuar por el camino que me traería nuevamente a la vida. Pero estaba atrapada en un laberinto de dolor y penas, y no deseaba recuperar el conocimiento porque sentía que cosas peores me esperaban en donde el sol brillaba.

Benito notó que Huitzitzilín ya no hablaba de sí misma como si fuera una extraña. Decidió no mencionárselo, y se sintió más tranquilo porque esto confirmó que no estaba embrujada como había teorizado el padre Anselmo.

—Fue un camino difícil, y a pesar de que estaba sin sentido, vi que mis pies dejaban huellas sangrientas que se convertían en demonios que me perseguían y atacaban sin clemencia. Mi corazón sufría, mi alma sollozaba y mi cuerpo pedía la muerte. Cuando por fin volví a entrar a este mundo, fue sólo para encontrarme derrumbada y con cicatrices, mi cara hinchada irreconocible, y yo deseaba morir más que nunca.

—Luego, lentamente, mi espíritu se recuperó del dolor, la miseria y la humillación. Una llama pequeña, una chispa inicial, nació en mi mente, dándome vida, creciendo hasta convertirse en una poderosa llama que sacó mi espíritu fuera del tormento en que vivía. Estaba viva, y jamás me pasaría lo mismo. Cuando abrí los ojos, comprendí que era libre porque el dolor me había liberado.

El padre Benito no pudo evitar interrumpirla. —Nunca antes había escuchado a una historia así.

—¿Lo cree extraño?

—Sí, porque todos experimentamos dolor pero aún así, ninguno de nosotros es libre.

La mujer empezó a llorar, y el padre Benito se alarmó al no saber qué lo había causado. Puso al lado sus hojas de papel y torpemente colocó su mano sobre la de ella.

—Es que no puedo contener el llanto. Lloro por mí, por mis hijos, y por la hija que no conoce quién es su madre.

—¿Tuvo hijos? —Su voz estaba llena de incredulidad.

Afirmó con la cabeza pero no habló más. Pasaron algunos momentos antes de que el cura tomara el papel en sus manos, pensando en cuántos otros misterios estarían enterrados en la memoria de la mujer. Tomó la decisión de no fisgonear más; esperaría hasta que la mujer estuviera lista para hablar sobre la causa que le hizo llorar inesperadamente.

—Yo regresé a la tierra de los vivientes. Mis damas me habían cuidado, forzando los jugos de las carnes y las frutas a través de mis labios. Ellas me lavaron y procuraron que mi cuerpo tuviera diferentes posiciones en la cama. Durante todos aquellos días en los cuales mi espíritu deambulaba por entre las entrañas de la tierra, mis damas cuidaron de mi cuerpo.

—Cuando finalmente reviví, me contaron lo que pasó después de que perdí la conciencia. Tetla se había alejado de mí, confiando en que moriría. Cuando supo que había sobrevivido, le ordenó a sus sirvientes para que me tuvieran en el palacio hasta que él regresara.

Huitzitzilín notó que el fraile no estaba escribiendo, y entonces dejó de hablar. Se le quedó mirando, pero vio que frotaba sus manos, palma con palma, en aparente distracción.

—No está escribiendo. ¿No está interesado?

El padre Benito se movió incómodamente en su silla; parecía no saber qué decir.

—Éste . . . lo siento, señora. La verdad es que sí me interesa. Sin embargo, estoy acá por una o dos cosas. Esto es, o bien debería registrar lo que usted tiene que decir acerca de las costumbres pasadas de su gente, o debería escuchar su confesión. Yo creo que lo que usted me está contando no es ni lo uno ni lo otro.

—Ya veo. ¿Le interesa saber que tuve un hijo?

—¿Me pregunta si me interesa? ¡Claro que me interesa! ¿Fue de Tetla?

—No. En un principio él pensó que era suyo, pero la verdad es que el padre del niño era Zintle.

—¡Ah! —La voz del cura bajó.

—Supongo que esto es cuestión de confesión, ¿no?

—El niño se concebió fuera de una unión matrimonial. Eso es pecado.

—¿Cuántas veces se tiene que confesar el mismo pecado?

El padre Benito aguantó la respiración sospechando otro de los moviemientos sorpresivos de la mujer que rompían la brecha entre los rituales mexica y la teología cristiana. Respondió como le habían enseñado a contestar.

—Tantas veces como el pecado haya sido cometido.

—¿Aunque sea el mismo pecado con la misma persona?

—Sí.

—Entonces le confieso . . .

El padre Benito nerviosamente tiró sus documentos al lado, desparramando las páginas en el piso. Hurgó, alcanzando la estola necesaria para escuchar una confesión.

—. . . que hice el amor con Zintle muchas veces, en muchos lugares hasta que quedé embarazada otra vez. Hicimos todo esto mientras Tetla estaba lejos.

Ella había confesado su pecado antes de que Benito hubiese podido terminar de prepararse. A pesar de ser demasiado tarde, hizo la señal de la cruz y se acomodó con la postura que acostumbraba al oír las confesiones.

—Terminé. No hay más. ¿Debo repetir mi confesión ahora que está listo para que le cuente?

Se llenó de vergüenza, convencido de que ella se estaba burlando de él. Se arrebató la estola, recogió sus cosas, y sin decir nada, se preparó para irse del claustro. Se sintió humillado por la mujer, así como por sus mañas; lo desesperaba.

—¿Regresará mañana? Le contaré uno de los primeros encuentros entre su gente y la mía.

El padre Benito percibió un tono de disculpa. Se detuvo, volteó a mirarla y notó que en la oscuridad que caía, Huitzitzilín se veía como si fuera de piedra, pues parecía muy antigua. La impresión lo conmovió, haciéndole desaparecer la irritación que la sorpresiva confesión le había causado.

—Sí. Volveré.

Capítulo VII

—Como le prometí ayer, joven sacerdote, le contaré ahora de los primeros augurios que tuvimos acerca de la llegada de su gente. Antes, sin embargo, quiero asegurarle que no le contaré más de mis actos profanos. Es decir, no se los diré hasta el final. Cuando sea tiempo, le avisaré para que se pueda preparar.

Agradecido de ver que la mujer había notado su disturbio el día anterior, y aliviado al saber que no tendría que preocuparse por asuntos teológicos, padre Benito puso toda su atención con el hecho de que sería la primera persona en escuchar esta nueva información. Estaba seguro que pocas crónicas contenían las experiencias de una mujer como ésta.

—Sé que esta parte le interesará porque involucra a uno de los suyos. Resulta que Tetla fue llamado a las costas del este porque estaban ocurriendo acontecimientos extraños, y algunas tribus tributarias del imperio habían reportado la presencia de una extraña, pálida criatura que había sido esclavizada por una de las poblaciones maya. Para ese tiempo, Moctezuma estaba preocupado por una variedad de augurios que se habían manifestado por todo su reino. Cuando recibió noticias de la aparición de esta criatura, tembló de preocupación.

—Los informes también relataban que cuando este hombre fue encontrado, estaba acompañado por otro, hecho del mismo molde y cuya piel era igual de pálida; ambos apestaban intolerablemente.

—¿Apestaban? ¿Estaban enfermos?

—No. Todos ustedes huelen de manera extraña. Supongo que es algo con lo que nacen.

El padre Benito se recargó en la silla apretando sus brazos, consciente del olor que expedían sus axilas. Con frecuencia salía sin bañarse durante largos períodos de tiempo.

Ella sonrió mordazmente. —No. No lo puede evitar. Todos ustedes huelen mal. —Huitzitzilín dijo esto, sin darle mayor importancia, antes de continuar—. Las circunstancias de su llegada fueron igualmente desconcertantes. Moctezuma había sido advertido de que esas criaturas habían emergido de una estructura enorme, una casa grande, con alas blancas, que se delizaba por el agua. Sin embargo, en esta ocasión, algo había fallado, porque la estructura había chocado y forcejeado contra las piedras de la costa. Luego, como si vomitara sus entrañas, el monstruo flotante escupió varias criaturas blancas. Murieron casi inmediatamente; sólo dos sobrevivieron.

El padre Benito bajó su pluma y entrecerró los ojos tratando de recordar. Esto no era un relato nuevo. Los dos hombres de los que ella hablaba eran ahora famosos en España. Su memoria tanteaba, tratando de encontrar sus nombres. Sin embargo, sólo pudo recordar el nombre de uno de ellos, Jerónimo de Aguilar.

El cura recordó que este hombre había naufragado en estas tierras aproximadamente diez años antes de la llegada del capitán Cortés, y para el momento en que fue rescatado por los españoles, ya dominaba la lengua de los que lo habían capturado. Lo que nadie sabía, sin embargo, era qué había sido de aquel hombre.

—¿Se sabe lo qué le pasó a Aguilar?

—Sí. Murió a una edad muy avanzada. Fue un cura creo, en el Convento de San Juan Bautista aquí mismo en Coyoacán. Es un lugar para sacerdotes de edad. No está lejos. Murió hace poco, no más de cinco años.

El padre Benito prometió visitar el lugar y ver si podía encontrar más información. Meneó su cabeza preguntándose cómo este material no se conocía en España. Y por qué esta mujer lo sabía.

—Ese hombre fue muy importante para sus capitanes porque él fue el primero en actuar como intérprete para don Hernán Cortés mientras avanzaba por nuestra tierra hacia nuestra capital.

—Había una mujer también. Era joven y con el tiempo reemplazó a Jerónimo de Aguilar como intérprete. Se conocía como Malintzín. Se hizo la amante de Cortés y le dio un hijo.

Esto, también, ya había sido registrado e incluido en los cursos de capacitación de todos los misioneros que venían a esta tierra. Pero el padre Benito deseaba saber más sobre la mujer; lo que no se incluía en las crónicas.

—¿Qué pasó con ella?

—Pocos saben que después de que Cortés la cediera a unos de sus capitanes, ella prefirió huir antes de aceptar esa humillación. La mayoría de los mexicas la veían como una traidora, y pocos la compadecían. Me contaron hace poco que murió, pero que había vivido tranquilamente porque no se consideraba a sí misma como una traidora. ¡Y yo estoy de acuerdo! ¡Ni siquiera era mexica!

El padre Benito escribía lo más rápido posible. Cuando terminó la última palabra, levantó la mirada hacia Huitzitzilín, queriendo más información sobre la concubina.

—Me alegro por ella.

—¿Por qué?

—Porque hizo lo que su corazón y su mente le aconsejaron. Y porque yo hice muchas cosas que ella también hizo. Nuestras vidas fueron muy parecidas.

Benito frunció el ceño. Estaba a punto de pedirle a Huitzitzilín que le explicara, pero ella continuó.

—En esos tiempos Yani, la esposa de Moctezuma, me invitó a ser una de sus damas. Menciono esto no sólo porque era una posición privilegiada, sino porque también me puso en un lugar desde donde podía observar eventos importantes. Sé que esto es importante para su registro. Yo, entre otros, fui testigo cercano del derrumbe de nuestro reino.

—Quiero que me diga todo lo que recuerde de esos días.

—Pero ya conoce todo.

—No conozco los hechos desde su punto de vista.

—Entonces debe enterarse qué ocurrió durante esos días en los que di a luz a un niño.

—¿Al de Zintle?

—Sí. Lo llamé. . . No. No lo diré en mi idioma porque sé que es difícil de pronunciar para ustedes. Le puse el nombre Ala de Ave.

La mujer se recostó en la silla. Estaba perdida en sus pensamientos, pero el padre Benito esperó hasta que habló de nuevo. Regresó al presente de un sobresalto.

—Muchos años han pasado desde que nació el bebé, mucho ha pasado desde entonces pero aún lo recuerdo con la misma claridad de ayer. Los presagios continuaron apareciendo en las costas del este. En realidad, pasaron muchos años mientras estos acontecimientos transcurrían. Era como el dios Quetzalcóatl, el señor predicador, lo había predicho en otras épocas. . .

—¡No! ¡No mencione los ídolos! —Temblaba la voz del padre Benito, traicionado por el temor que la mención de aquel dios le causaba.

—¿No? ¿Pero si no me permite hablar de ellos cómo puedo explicar la parte más importante de esos eventos?

El cura quedó turbado. Pero le había prometido al padre Anselmo que no permitiría la mención de esos demonios. Se mordió el labio consternado porque no podía dejar de pensar que sería igual de difícil hablar de su propia gente sin hablar de Jesucristo.

Sus ojos se abrieron más a causa de su asombro, e hizo la señal de la cruz, dándose cuenta de que había comparado a El Salvador con un ídolo. Benito estaba aterrado por el hecho de haber llegado tan cerca de la blasfemia.

—¿Qué sucede? ¿Se siente mal?

—¡No! Me siento bien. Sólo estoy un poco cansado. Me tiene que permitir algunos momentos para poner en orden mis pensamientos.

Al decir esto, Benito se puso de pie y caminó hacia la fuente. Allí se salpicó con agua su cara febril mientras pensaba qué hacer a continuación. Cuando miró sobre su hombro, vio que la mujer indígena lo observaba, y de nuevo pensó que ella se parecía a un ídolo.

Se quedó frente a la fuente sin saber qué hacer, cuando vio que ella le indicaba que regresara a su lado. Él sintió miedo. Se preguntó, ¿estaría Satanás trabajando por medio de ella? Esperó la respuesta como si llegara desde el cielo. Pero luego se recordó a sí mismo que estaba viendo a una frágil anciana, y que ella jamás podría dañar su alma o su persona. Sintiéndose avergonzado por sus pensamientos, decidió regresar a donde ella estaba.

—Imagínese que hubiera dos partidos opuestos, uno interesado en la ganancia personal del poder y la riqueza, logrados a través de una guerra hecha en nombre de la religión, y el otro fiel al prinicipio de la paz a toda costa. Esto sucede en su tierra, ¿no?

—A veces.

—Entonces me referiré a ellos como los partidos de la guerra y el de la paz.

Aliviado, el padre Benito regresó a su lugar y juntó sus materiales. La mujer había presentado el asunto de manera clara y lógica, y ahora él se preguntaba por qué había reaccionado tan violentamente al principio. También notó que, de hecho, ésta era la primera vez que la había escuchado hablar acerca de los temas de su sociedad en términos de guerra y paz en lugar de demonios y dioses.

—Como le he comentado, Moctezuma pertenecía al partido de la guerra; él era el sacerdote principal. Era un hombre complejo porque, como sucedió, dentro de su corazón siempre temió que el mensaje de paz guardado por los antiguos mexicas y abandonado por sus decendientes, iba a regresar un día para condenarlo. Ahora todos sabemos que secretamente él se consideraba a sí mismo un traidor, y que cada vez que aparecía una señal desde el este, se convencía más de que se aproximaba el fin de la era del partido de la guerra.

—El rey enterró estos pensamientos muy profundamente dentro de sí. El resultado fue que todos su actos de inseguridad se malinterpretaron. Cayó una nube de duda sobre su valentía. Intentó explicar sus regalos de joyas y oro como simples tributos para los visitantes pasajeros, pero en su lugar sus actos fueron interpretados como cobardía. El partido de la guerra incrementaba sus demandas para que enviaran guerreros a destruir a los invasores. Él no les hacía caso y tampoco se conformaba.

—En mi posición tan cercana a la esposa de Moctezuma, tuve la oportunidad de ver un perfil de él que pocos podrían entender. Él podía ser honesto o astuto, seguro o indeciso, valiente o temeroso. Pero a pesar de lo que todos opinaran, él era el rey.

—Recuerdo que durante esos días de temor, él recibía constantemente reportes de la vasta red de informantes a su servicio. Las noticias llegaban a esta ciudad a diario contando acerca de su gente, de cómo se veían, de cómo hablaban y de los animales con cuatro patas que montaban.

El padre Benito recorrió su labio superior con la lengua, emocionado, porque sabía que estaba recaudando información que todavía no tenían en España. Estaba viendo los eventos de la conquista a través de los ojos de la mujer indígena y, a pesar de que quería escuchar más acerca de su vida personal, decidió no interrumpirla más mientras narraba los detalles de ese encuentro histórico.

—¿Recuerda a Tetla? Pues, déjeme decirle la manera en que mi vida estaba relacionada con las circunstancias que trajeron nuestro fin.

El sacerdote movía la cabeza preguntándose cuándo la mujer pararía de deslumbrarlo. Era como si leyera sus pensamientos.

—Moctezuma contaba con Tetla para reunir información porque él estaba dotado con las lenguas y un conocimiento acerca de las tribus de la costa oriental. Él fue quien trajo el primer reporte de cómo eran los extranjeros. Ahora que los conocemos tan bien, no nos parecen tan extraños, pero en ese entonces. . .

La canción del colibrí

Benito miró a Huitzitzilín, sin poder resistir la sed de conocimiento que estaba creciendo en él. Se dio cuenta de que ella también le había sido extraña a él hace pocos días, pero ahora empezaba a parecerse a cualquier otra mujer.

—Los que pertenecíamos a la corte de Moctezuma escuchamos a Tetla confirmar los reportes acerca de sus naves, y de cómo éstas albergaban docenas de hombres que llegaban a la playa en barcas más pequeñas. Tetla fue uno de los pocos que llegó lo suficientemente cerca como para ver que su piel era tan pálida que parecía casi transparente. Al oír esto, recuerdo que la mayoría de nosotros dejó escapar suspiros incrédulos, pero el resto del cuadro era todavía más aterrador.

—Nos contó como no sólo sus cabezas, sino también sus quijadas se cubrían de cabello. En unos, el pelo era claro y rizado, y en otros era más obscuro y liso. Sus vestimentas, dijo, estaban hechas de cierta forma de plata, o metal, que brillaba bajo el sol, y cargaban armamentos, unos que eran semejantes a los nuestros, y otros que Tetla no podía describir.

—Entre todo, Moctezuma se convencía cada vez más de que los extranjeros eran representantes del temido sacerdote principal, el líder del partido de la paz. ¿Sabía que entre los tantos presagios recibidos a través de las diferentes generaciones de sacerdotes, descripciones de cómo lucirían los enviados de paz habían pasado entre nosotros? Es más, esos retratos descritos por nuestros visionarios de aquellos enviados coincidían con los de los primeros capitanes, así como también la fecha en que llegaron. ¿Sabía eso, joven cura?

El padre Benito asintió que no.

La mujer se frotó las manos, mostrando satisfacción, comprendiendo que ella era la que sabía la verdad, y que el cura veía esto como algo valioso. Fue un cambio y ella lo apreciaba.

—Después de eso, Tetla regresó a la costa este y no lo volví a ver hasta el día de su muerte. Le contaré sobre eso más tarde. En este momento, sin embargo, creo que le interesará saber cómo esos acontecimientos afectaron a Moctezuma.

—Lo veía con frecuencia, y él parecía distraído, hasta atormentado. Su esposa me contó en varias ocasiones que lo había encontrado murmurando consigo mismo mientras caminaba solo entre los pasillos y las cámaras, frotándose las manos y alzando los ojos al cielo, pidiendo ayuda a los dioses.

Huitzitzilín dejó de hablar por un momento; luego dijo casi con un suspiro, —Él era sólo carne y sangre, pero le habían hecho creer que era divino. —Volteó hacia el padre Benito, pero vio que él estaba escribiendo con tanta intensidad que no podía apreciar su emoción.

—Moctezuma se iba deteriorando paulatinamente. Entró en un estado de luto y nos ordenó a todos, a la ciudad entera, que hiciéramos lo mismo y que nos preparáramos para los días infortunados que seguramente vendrían. Todo mundo sabía para ese entonces que pasaba largas horas en ayunas, orando y en penitencia: Él personalmente hizo sacrificios humanos con la esperanza de que . . .

La cara de Benito palideció. Había sentido simpatía por el rey hasta este momento. Paró de escribir, dejando la pluma colgando entre sus dedos, mientras giraba sus ojos de un lado del claustro hacia el otro.

—¿Está segura? —La voz del cura sonó áspera, con incredulidad—. ¿Es cierto que el rey cometió esas atrocidades con su propia mano?

—El sacrificio humano formaba parte de nuestras creencias. Usted tiene las suyas.

Las palabras de Huitzitzilín eran suaves, sinceras, no se imponían, y ayudaron a restaurar la serenidad de Benito. —Sí, señora, y espero que ahora mis creencias hayan reemplazado las suyas.

Él escuchó que ella suspiró, aunque no dijo nada.

—Un cansancio cubrió a Tenochtitlán en esos días, y nadie podía negar el constante sentimiento nauseabundo de que pronto, muy pronto, algo desastroso se desataría entre nosotros.

—¿Ha notado, joven sacerdote, cómo actúa la gente cuando espera algo? —El tono de la voz de Huitzitzilín se suavizó—. Si lo que viene es desconocido, la gente inventa cosas para hacer, como juegos y hasta excursiones. El temperamento de muchos también se vuelve delicado. Hombres y mujeres se exceden en comida y bebida, y sufren dolores de cabeza o molestias estomacales. Se desarrollan fuertes diarreas en sus intestinos flojos que no cooperan de una manera u otra. El chisme se vuelve insoportable.

—Así fueron nuestras vidas en Tenochtitlán en los últimos días de nuestro mundo. La lluvia suave se convirtió en calor, y éste en frío con sus días cortos y así hasta el final del año que para ustedes era 1518.

—Algunos negaban la realidad de lo que sucedía. Querían convencer a los demás de que hubo una mala interpretación de los signos por parte de los adivinos. Insistían en que los signos eran simbólicos o simplemente ritualísticos, y que esos sucesos ya habían ocurrido durante otras épocas. Pero para ser sincera, cuando el capitán Cortés arribó, ya todos creían que los hombres blancos eran dioses o sus enviados, y esta certeza no cambió ni desapareció hasta que fue demasiado tarde para detenerlos.

—Hubo mucho desacuerdo y discusión acerca de qué hacer con los invasores. Una parte clamaba por su destrucción; la otra por su apaciguamiento. Al fin y al cabo poco importó. Por guerra o por veneración, concluyó como se predijo. Nuestro mundo terminó el momento en que el primer hombre blanco pisó nuestra tierra; y yo creo ahora que Moctezuma era el único que verdaderamente veía la irreversible verdad.

Capítulo VIII

La portera tardó mucho tiempo en abrir la puerta del convento para dar paso al padre Benito. Él no se molestó porque la mañana otoñal era placentera, el frío usual estaba ausente, y él esperó con paciencia, pensando en cómo sería un día más con la mujer indígena. Dirigió miradas a su alrededor mientras silbaba levemente.

Intentó imaginarse cuántos cambios habían ocurrido en esta ciudad desde la juventud de la mujer. Ella había hablado acerca de un hogar ancestral, el lugar en que ella había nacido y donde ahora estaba este convento. También relató sobre el Cerro de Las Estrellas, Iztapalapa, un lugar sagrado para su pueblo que ahora era un mercado repleto de comerciantes y compradores hispanoparlantes. Había descrito el templo mayor, y Benito pensaba en la catedral que ahora tomaba su lugar con sus torres gemelas dominando un horizonte de casas constuídas estilo español.

Dio un jalón a la cuerda de nuevo, esta vez con impaciencia, haciendo que el vibrante metal sonara de manera penetrante. Pero nadie respondió. Se arregló la tira de su bolso de cuero porque estaba empezado a lastimar su hombro, y después se alejó unos pasos de la entrada. Dos niños indígenas lo asustaron cuando dieron la vuelta en la esquina, conduciendo un burro cargado de paja. Notó sus caras mientras pasaban a su lado: redondas caras marrones. Luego, como si fuesen halados por una cuerda, los niños voltearon a verlo; él notó los duros, ovalados ojos mirándolo.

—¡Buenos días, padre!

—¡Buenos días, niños!

Desaparecieron en segundos, dejando al cura sintiéndose bien porque, por primera vez desde su arribo a Tenochtitlán, había notado lo diferente que eran los niños el uno del otro. Pese a que parecían de la misma edad y tenían el mismo color, eran distintos. Esto no le había ocurrido antes porque hasta ese momento todas esas caras le parecían iguales.

Surgieron en él las ganas de correr tras ellos para preguntarles si sus padres recordaban las mismas cosas que la mujer indígena. Pero entonces el padre Benito se dio cuenta de que, en vez de sus padres, serían sus abuelos quienes tendrían tales recuerdos, o a lo mejor sus bisabuelos.

De repente, el cura deseó haber nacido sesenta años atrás para poder ver la ciudad tal como era durante los días del pueblo de la mujer, de los bisabuelos de aquellos niños. Se concentró en sus pies: sus dedos encallecidos se salían por debajo de las tiras de cuero de sus sandalias.

Un pensamiento se formaba dentro de su mente mientras se fijaba en una de las tiras. Lentamente, una idea se le vino a la conciencia, y por fin comprendió que adentro de él estaba comenzando a compartir la melancolía que Huitzitzilín sentía por las cosas perdidas para siempre. Este impulso tomó al padre Benito por sorpresa, y sacudió la cabeza tratando de recuperar el propósito de su misión. Estaba en estas tierras para convertir, no para ser convertido, se dijo a sí mismo.

Como estaba perdido en sus pensamientos, el padre Benito se asustó al sentir la mano pesada que repentinamente haló su brazo. Giró rápidamente para ver quién tiraba de él con tanta energía, y se encontró con los ojos minúsculos de la monja que usualmente abría la puerta del convento.

Capítulo IX

—¡Vinieron! Moctezuma había orado para que no vinieran, pero sus peticiones fueron en vano porque sí vinieron. El momento finalmente llegó cuando sus capitanes insistieron en entrar a Tenochtitlán, y nosotros no tuvimos el poder para negarles el paso.

—Cuando amaneció aquel día, los sacerdotes se reunieron con nuestro líder para informarle que los invasores blancos lo esperaban en Iztapalapa. Después escuchamos que Moctezuma estaba barriendo los escalones del templo, y sin mirar hacia arriba, dijo "los dioses me han fallado". Eso fue todo lo que dijo, nada más.

El padre Benito sintió un hormigueo en la nuca, como si hubiera estado presente en un evento desastroso. Experimentaba lo que imaginó había sentido Huitzitzilín en aquel momento. Al igual que ella y su gente, él sintió el temor de lo desconocido, como si él mismo hubiese sido un nativo. Se forzó a regresar a su escritura porque, como se recordó a sí mismo, estos eran los capitanes de España, su gente, y no debía estar sintiendo tanto recelo contra ellos.

—Todos sabíamos que el rey estaba afligido, con gran tristeza, pero había algunas personas entre nuestra gente que comentaba que era al revés. Que había sido él quien había traicionado a los dioses, y ahora los dioses estaban ejecutando su venganza legítimamente.

—Padre, ¿ha notado que los eventos de gran importancia frecuentemente suceden en un corto período de tiempo? La caída de Tenochtitlán. Qué rápida. De principio a fin, nuestra derrota se llevó a cabo en pocas semanas y meses, lo que le tomó a mi gente generaciones para construir cayó en unas cuantas batallas.

—Nuestros templos, palacios, mercados, salones, escuelas, bibliotecas, avenidas, jardines y plazas, todo fue destruido en un corto tiempo. Nuestras villas de intercambio, nuestras artesanías, y productos quedaron en el lodo, pisoteadas por bestias en un abrir y cerrar de ojos. Nuestro arte y nuestras artesanías, que necesitaron un sin fin de familias y un tiempo inmensurable para ser construidas fueron despreciadas, profanadas, y desaparecidas por sus capitanes en unas pocas lunas.

—Ahora me pregunto, ¿cómo es posible destruir tan rápidamente algo que tomó tantos años en ser construido? No tengo una respuesta, pero eso fue lo que sucedió, tal como los dioses lo habían presagiado. Tenochtitlán se derrumbó bajo el fuego, la sangre y la angustia en unos pocos días.

—Perdone la interrupción, pero esto demuestra que fue la voluntad de Dios Todopoderoso la que hizo que el reino de los mexicas pereciera.

Dejando su sentimientos a un lado, el padre Benito, con las cejas arqueadas, balbuceó lo que pensó sería la respuesta más apropiada.

Huitzitzilín lo miró en silencio por un largo rato, luego habló.

—Sí, estoy de acuerdo. Lo dije hace unos pocos momentos. Fue la voluntad de los dioses.

Benito frunció el ceño, molesto porque la mujer insistía en poner a sus dioses profanos al mismo nivel del único y verdadero Dios. Pero tomó su pluma otra vez, a pesar de todo. Estaba listo para continuar registrando sus palabras.

—Recuerdo claramente el día de la llegada de los hombres blancos. Tuvo lugar durante la estación húmeda en nuestro valle. Fue en la temporada en que los días eran cortos, cuando el lago se volvía oscuro, y los vientos soplaban desde las laderas de los volcanes.

—La corte de Moctezuma se llenó de temor. El reporte de la llegada de los blancos iba de boca en boca, de recámara en recámara. Tanto hombres como mujeres corrían frenéticamente como si esto fuera a aliviar la ruina inminente. Las rutinas se rompieron y los deberes se olvidaron. Incrédulos rostros miraban alrededor, buscando respuestas, esperando escuchar que lo que sucedía no era más que un engaño.

—El ruido causado por la masa de gente confundida en la plaza central subía de tono a cada minuto. Allí, los hombres aparentaban estar tranquilos, pero el temblor de sus labios los traicionaba. Las mujeres trataban de consolarse, abrazando a sus bebés, o abrazándose entre ellas, pero de nada sirvió. Todos estábamos en el abismo del terror.

El padre Benito, obligado por la sorpresa, interrumpió de nuevo. —Pero los mexicas eran feroces en batallas. Nunca se nos ocurrió que la gente estuviera afligida por el temor.

—¡Me malentendió, cura! Cuando digo que estábamos alarmados, quiero decir que la mayoría de la gente suponía que los visitantes eran dioses, no hombres comunes. Si hubieran sido simplemente las hordas de zapotecas o tlaxcaltecas o cualquiera de las tantas gentes que habían provocado guerras en contra de nosotros, nuestros espíritus no se hubieran llenado de miedo. Sentimos terror porque pensábamos que nos enfrentábamos a lo desconocido. Cuando comprendimos que sus capitanes eran hombres comunes y corrientes, las cosas cambiaron.

El cura se mordió el labio inferior y arrugó la frente. —Ya veo lo que quiere decir. Continúe, por favor.

—El rey ordenó que detuviéramos la locura, que nos controláramos. Nos obligó a vestir nuestras mejores galas y a acompañarlo a la entrada de la ciudad.

—¿Hicieron todo lo que él les pedía?

—Sí. La mayoría de nosotros formábamos parte de la corte e hicimos lo que nos mandaba. Portamos las más finas vestimentas para caminar detrás de sus primogénitos e impresionar al enemigo con nuestra apariencia.

—¿Estaría en lo cierto al decir que usted estaba entre esos que no creían que los soldados eran dioses?

—Sí. Me contaba entre aquéllos que sabían que eran de carne y hueso, al igual que cada uno de nosotros.

Benito alzó una ceja escépticamente. —¿Qué la hace a usted tan diferente, señora? —La pregunta estaba cargada con un tono sarcástico.

—Yo nunca creí realmente en dioses.

—Pero ahora cree en el Dios verdadero y único, ¿verdad?

Las palabras del cura habían perdido toda marca de cinismo y ahora estaban teñidas de duda.

—Si usted lo dice.

Como Benito se quedó en silencio, Huitzitzilín continuó. —Algo extraordinario ocurrió como resultado del temor causado por su gente: las viejas rencillas y envidias desaparecieron. Aquéllos que entre nosotros habían sido enemigos durante generaciones olvidaron sus rencores y se unieron en contra de la invasión.

—Por ejemplo, los resentimientos entre los enanos mimados y los eunucos rencorosos se disolvieron, se reunieron y hasta hablaron. Ambos, sacerdotes y brujos, se quedaron pasmados al saber que los dioses estaban en la entrada de la ciudad. El parloteo usual y los voceríos se unieron en un mudo silencio, y todos sabíamos que en sus corazones ellos eran los que estaban más asustados de todos. ¿En dónde estaban sus poderes ahora? ¿Y su magia? ¿En dónde quedaron su altivez y su intolerable arrogancia?

El padre Benito hizo una pausa para frotar a sus dedos; estaban comenzando a acalambrarse otra vez. —Veo que tampoco creía en los brujos a los que ustedes llamaban sacerdotes. Me da gusto porque estoy seguro de que fue el verdadero Dios el que sembró esas dudas en su corazón.

—No, ése no fue el caso. No creía en ellos porque tenía ojos que podían ver sus maldades y oídos para escuchar sus confabulaciones y trampas. Sabía que eran un fraude, así de simple. Pero permítame continuar porque le tengo que decir que el temor se extendió más allá del sacerdocio, contaminando incluso a los guardias del palacio, quienes no sabían si debían correr o quedarse, proteger al rey o protegerse ellos mismos. Soldados entrenados en las artes de la guerra y el combate parecían niños sin sus madres cuando se dieron cuenta de que los dioses blancos estaban aquí.

—Los sirvientes del palacio olvidaron su lugar. Los sastres de Moctezuma deambulaban y corrían por todos lados murmurando y preguntando si el rey volvería alguna vez a vestir del modo en que acostumbraba. ¿Qué harían con las mantas, los taparrabos, los tocados, las sandalias, las joyas, las plumas, los broches, las envolturas para las piernas que hasta entonces no había usado el rey? ¿Qué usaría hoy? ¿Qué debería ponerse cuando enfrentara a los dioses?

—Hasta los cocineros de Moctezuma corrían nerviosos por entre las recámaras y los pasillos, retorciendo sus manos. También estaban atormentados. ¿Volvería a comer el rey como estaba acostumbrado ¿Qué sucedería con las codornices, las liebres, y las otras carnes preservadas y preparadas para él? ¿Qué pasaría con sus invitados rutinarios? ¿Qué explicaciones les darían? ¿Y qué sería de la próxima taza de chocolate de Moctezuma?

—Reflexionando ahora sobre esos días, me pregunto por qué nos preocupábamos por tantas cosas sin importancia. Pero les afectó a todos. Jardineros, constructores y esclavos andaban por las plazas y las cocinas preguntando si alguna vez volverían a ser contratados, ahora que el mundo llegaba a su fin. ¿Qué tipo de trabajo, se preguntaban, les exigirían los nuevos amos? ¿Comerían en los platos de oro?, se preguntaban los sirvientes de la cocina. ¿Disfrutarían la belleza de las flores que le encantaban al rey? Los constructores querían saber qué pasaría con los planes para la nueva represa de agua. Con respecto a los esclavos, deseaban saber si los nuevos dioses esperarían que ellos siguieran trabajando. Éste fue el delirio que reinaba dentro del palacio de

Moctezuma y en la ciudad mientras que sus capitanes esperaban en la puerta soñando con nuestro oro.

Después de decir esto, la mujer quedó en silencio mientras sonaba el burbujeo del agua flotando en el aire húmedo del convento. El padre Benito dejó su pluma, permitiendo a Huitzitzilín descansar, pero él estaba agitado con las imágenes que sus palabras dibujaban en su mente. Visualizaba la imagen del capitán Cortés, el hombre de estatura mediana que se había convertido en un gigante en España. Recordaba a los otros capitanes que se hicieron ricos con los tesoros saqueados de esta tierra. Unos permanecieron ricos hasta sus últimos días; otros habían perdido todo, muriendo pobres y olvidados.

Estaba agradecido por la pausa en el relato porque ésta le daba tiempo para analizar lo que Huitzitzilín había dicho sobre el terror y la confusión que invadió a los mexicas durante aquella crisis. Jamás había pensado en cómo había sido para ellos. Desde su niñez, el padre Benito había visto a la gente de esta señora como el enemigo, como agentes del diablo incapaces de sentir miedo o inseguridad.

—¿Desea que continúe?

Las palabras de Huitzitzilín sorprendieron al padre Benito. Afirmó con la cabeza, pero había perdido su pluma, y a pesar de que la buscaba hasta por entre los dobleces de su hábito, no la podía encontrar. Ella esperó pacientemente hasta que apareció.

—Nuestra procesión empezó en el templo mayor y continuó hasta Iztapalapa, en donde reinaba Cuitlahuac, hermano de Moctezuma.

—Espere un momento. ¿Cuántos reyes había?

—Varios. Cuauhtémoc era el de Tlatelolco, el lugar en donde ahora hay una iglesia cristiana dedicada a Santiago de Compostela. Había otro para Texcoco, pero no recuerdo su nombre, creo que era Cacama. Y uno para Iztapalapa. Siempre había cuatro reyes, pero de todos ellos, el de Tenochtitlán era el que tenía mayor importancia.

—Ahora entiendo mejor. No había comprendido esto antes, y no creo haber escuchado alguna vez acerca de la existencia de cuatro reyes a la vez. Continúe, por favor.

—Todavía deseo referirme al desfile que seguía a Moctezuma. Aparte de nosotros, que formábamos parte de su séquito, había otros que también marcharon. Estaba la gente que vivía dentro de la ciudad, así como un sin número de personas de otras partes que se unieron, sabiendo que el encuentro con los extranjeros estaba por suceder.

—Había gente hasta en las azoteas, gente cubriendo las calles, llenando las plazas, y rebosando el lago. Llegaron comerciantes, artistas, obreros, obreros metalúrgicos, otros que trabajan con plumas, maestros, nobles, soldados, sirvientes, esclavos, mujeres, niños. Estaban apretados, estirando sus cuellos para darle al menos un vistazo a los dioses forasteros.

—Las damas del palacio de Moctezuma caminaban detrás de sus hijos, así que lo que vi fue desde ahí. Recuerdo sólo la parte de atrás de la cabeza de Moctezuma y de sus acompañantes.

—Encabezando la marcha estaban los señores del reino, portando el vestuario de su rango. Después de los nobles estaban los guerreros águila y jaguar, y le puedo decir que la cantidad de nobles y guerreros era tan grande, que no podría darle un número aproximado. Debió haber sido impresionante para los ojos de los blancos.

La mujer hizo una pausa y miró al padre Benito. —¿Está exhausto? ¿Prefiere que me salté estos detalles?

El cura aprovechó este momento para frotar su mano adolorida. —No. Describa todo lo que recuerde. Quiero incluirlo todo.

—Después de los nobles y los guerreros estaba el señor Moctezuma. Se sentaba en una litera sostenida por seis de sus compañeros y escoltándolos estaban los soldados armados. La camilla del rey tenía sobre ella un dosel sostenido por cuatro postes de oro. Fue cargada por los señores más cercanos en parentela al rey. Sólo a ellos se les permitía tocarlo, y sólo ellos tenían el privilegio de ayudarlo cuando se bajara para presentarse con Hernán Cortés.

—Recuerdo a la mayoría de los nobles. Están ahora muertos, por su puesto, pero sus espíritus permanecen con nosotros. Sí, señor cura, mire hacia allá, un poco más allá de la fuente. ¿Puede verlos? Están presentes hoy como lo estaban en ese día tan memorable. A menudo me comunico con ellos.

El padre Benito esforzó la vista, enfocando la mirada en el punto que Huitzitzilín había señalado, pero no vio nada más que plantas de geranio y begonia. Cuando volteó a verla, se dio cuenta de que su mirada parecía extrañamente ausente, y se preguntó si debería concluir la sesión de hoy. Pero vio que se humedecía los labios con la lengua, y supo que continuaría.

—Mis recuerdos de lo que estoy por contarle parecen como una de la pinturas hechas por sus artistas, aquéllas que cuelgan en las paredes de este convento. Quiero decir que aunque todavía puedo ver a esa gente, la ropa que usaron, en dónde se pararon, y hasta el sonido de sus voces, son como pinturas cuyas imágenes están inmóviles, sin espíritu.

—Cuando nos acercábamos a los hombres blancos, la multitud se abrió, y pude ver sin que nada estorbara. Desde mi posición pude ver la espalda de Moctezuma mientras bajaba, extendiendo sus brazos hacia fuera, mientras que los señores que lo acompañaban los mantuvieron alzados.

—¿Extendió sus brazos? ¿Usted quiere decir así? —El padre Benito alzó los brazos, imitando a un ave en pleno vuelo.

—Sí. Era una costumbre ritual que mostraba a todos los presente que el rey era como una ave poderosa con sus alas extendidas y listas para volar, pero atadas por manos humanas. Y a pesar de que yo sólo veía su espalda, estaba segura de que él estaba mirando directamente a los ojos de esas extrañas criaturas pálidas que le regresaban la mirada. Nadie se atrevió a hablar hasta que el rey dirigió unas palabras que se escucharon entre todos los que estábamos cerca de él.

—"Señor Serpiente Emplumada, vengo a entregarle su trono a usted y sus representantes. Cuente con que mis antepasados y yo no lo hemos usurpado sino que, se lo hemos guardado por su bien. Tenga por seguro que somos sus sirvientes y que nos ponemos a sus pies, listos para defender su honor. Sé que esto no es un sueño, que no ha venido desde las nubes y neblinas de nuestros volcanes sino que ha venido atravesando las distancias desde el océano oriental. Tome su puesto en esta tierra. Reine sobre ella y su gente como lo hizo en los días de nuestros antepasados".

La mujer se agarraba las manos mientras se mecía en la silla de atrás hacia adelante. Movía su cabeza de un lado al otro mostrando sus sentimientos de condena.

—Cuando escuchamos a Moctezuma decir estas palabras, nos sorpendimos y nos mirábamos incrédulos. ¡Nuestro líder entregaba nuestro reino a los extranjeros y ellos ni siquiera se lo habían pedido! Vi que los nobles y los guerreros se desesperaban, y me preguntaba si alguno tendría el coraje o el valor suficiente para hablar en contra del rey. No lo tuvieron. En vez de eso, se guardaron las palabras y escucharon el resto de lo que el rey tenía que decir.

—Levantando su manto, desnudó su pecho y dijo, "Miren, no soy ni dios ni monstruo. No soy nada más que un hombre que ha esperado su llegada con gozo y ansiedad".

—Cuando Moctezuma dijo esto, comenzamos a agitarnos, momentáneamente confundidos pero luego enojados con él por la facilidad con la cual había abdicado a su trono. Sentí que los otros nobles estaban a punto de quitarlo de allí, pero el respeto por su posición se impuso, y nadie dijo nada mientras continuó hablando.

—"Vengan, refrésquense. Tomen comida y bebida, pues han de estar cansados después de su viaje".

—Luego escuchamos la voz de una mujer traduciendo las palabras del rey. Estiré mi cuello para mirar quién lo hacía. Era la mujer de la que hablábamos, Malintzín. Sus sesgados ojos eran negros y penetrantes. Su boca era ancha, y los pómulos altos y definidos. Tenía una frente pequeña y cabello negro y brillante que le llegaba hasta la cintura. Vestía algodón blanco mientras que sus sandalias eran de cuero de iguana, y sus joyas, aunque simples, eran finamente forjadas.

El padre Benito no escribió esta parte del relato que profería Huitzitzilín porque no era novedoso. Ya había hecho una nota para intentar descubrir nueva información sobre esa mujer.

—Permítame ahora describir al capitán Cortés tal como lo vi por primera vez. Sus ojos tenían una aparencia fría, como obsidiana. Mostraban coraje y determinación como los de un coyote. Es por eso que lo observaba cuidadosamente. Estaba parado erguido, pero vi que sus piernas estaban encorvadas y que un material blanco se ajustaba a ellas. No usaba sandalias sino que unas envolturas que ocultaban sus pies, me preguntaba si serían hechas como las nuestras.

—Estaba vestido con una ropa hecha de un oscuro material que se inflaba alrededor de sus caderas y que le llegaba hasta el cuello, cubriendo desde sus brazos hasta sus manos. Usaba este mismo material para cubrir sus dedos; en esta ocación vi que eran como los nuestros. Sobre su pecho y espalda usaba un armazón de un material desconocido por nosotros pero que parecía ser tan duro como la plata y traía un arma colgada en la cintura. Su penacho era redondo, hinchado y tenía una pluma pequeña prendida.

—Su cara era lo más impresionante, porque carecía de color. Sus cejas eran arqueadas y oscuras, y una vena hinchada dividía su frente. Su nariz era larga y recta, y su boca era redonda y pequeña.

—A mí me parecía feo y lo que más me repugnaba era el pelo que cubría la cara del capitán Cortés y de sus acompañantes. Tenían tanto cabello que salía de sus caras, que se nos cortaba la respiración con sólo mirarlos, particularmente al ver que el color era diferente en cada uno de ellos. El de Cortés era oscuro, pero en otros era castaño o dorado.

—Después de que Malinche terminó de traducir, sus capitanes se quedaron boquiabiertos ante algo tan inaudito. De repente se abrió el grupo y allí, en frente de nosotros, estaban las criaturas más extrañas que jamás habían presenciado nuestros ojos. Eran bestias enormes, aún con más pelo que sus capitanes y con cuatro patas. Bufaban, soplaban y rascaban la tierra. No pudimos evitarlo, nos retiramos al verlos tan cerca.

—Repentinamente, el capitán Cortés se acercó a Moctezuma con la intención de saludarlo, pero nobles, guerreros, guardias y hasta mujeres se adelantaron porque pensaron que su intención era dañar al rey. Cortés palideció al creerse en peligro y se retiró.

—Luego de todo eso, nos quedamos en silencio y ese silencio abismal ha dominado este lugar desde entonces. Es el silencio de nuestras almas, y de nuestras lenguas que se han secado. Es el silencio que llegó hasta el cielo, consumiendo los vientos y los volcanes, que se ha envuelto sobre nuestos cuerpos y caras, prohibiendo que respiremos el aire. Es un silencio que huele a vacío y a la nada. Es el mismo silencio de los que viven muertos. Es un silencio eterno.

El padre Benito se sorprendió por la intensidad de las palabras de Huitzitzilín. Ella divagó de su narración del primer encuentro entre los mexicas y los españoles, y en su lugar habló de algo que para él parecía un ataque contra su gente, pero de lo cual no estaba seguro.

—¿De que silencio habla, señora? En esta tierra ahora abundan los sonidos del progreso. Cuando dejo este convento, encuentro a gente que habla y hace planes. Escucho el sonido de nuevos edificios en construcción, de campos que se preparan para la cosecha. Distingo el clamor de niños hablando en la lengua del Señor y cantando sus alabanzas. ¿Qué quiere decir con "silencio"?

Se detuvo repentinamente al comprender que había elevado el tono de su voz para defender una posición que no lo convencía del todo. Sintió de golpe vergüenza por haberse dejado llevar por la ira.

—Está molesto. Puedo ver que es inútil esperar que entienda lo que sentimos en el momento del encuentro al comprender que las señales que habían profetizado nuestro fin se materializaban, y que sería nuestra generación la que lo vería.

—En ese momento comprendí lo que sucedía y comencé a llorar. Cuando busqué consuelo en las caras de otros, vi que lloraban también. Moctezuma no dijo nada, simplemente regresó con su familia. Parecía un extraño que había vivido más de lo debido. Supimos que había terminado todo. Regresamos a Tenochtitlán en silencio.

Capítulo X

—¿Qué sucedió cuando regresaron a su ciudad? El capitán Cortés dijo que se volvieron hostiles, y que él se vio forzado a castigarlos.

—Eso no es cierto, porque nunca los agredimos. Al menos no al principio. Todos intentamos regresar a la vida que llevábamos antes del encuentro. Todos volvieron al mercado, comieron, chismearon, se vistieron y se quejaron como siempre, haciendo de cuenta que nada había ocurrido. Pero todo fue una farsa, porque habíamos llegado a nuestro último día y no lo podíamos negar. Lo que quedaba de nuestra sociedad era un sueño depués de esa primera reunión entre Moctezuma y el capitán Cortés. Caminábamos como sonámbulos.

—Nos engañábamos creyendo que nuestras vidas continuarían como antes, que nada había cambiado. Todos guardaban la esperanza de que todo saldría bien, pero era una tontería porque perecimos en el mismo momento en que Moctezuma cedió el trono aquel día que acabo de describir. Ahora comprendo que la procesión que fue a recibir a los capitanes en Iztapalapa fue un cortejo funerario.

El padre Benito, ansioso por rescatar los detalles de lo que sucedió después del histórico encuentro, presionó a Huitzitzilín. —Nos han contado que nuestros hombres llegaron de manera pacífica, pero que los mexicas respondieron de mala fe, que ustedes acometieron de manera astuta y traicionera.

—¡No! ¡Qué gran mentira! ¡No fue eso lo que ocurrió! —Chilló mujer y sus palabras se colaron por entre sus encías desdentadas. Sus manos apretaron los brazos de la butaca.

—Sí, es cierto que nos defendimos casi tan pronto como llegaron, pero fue una resistencia sin armas. Cuando nuestro rey abrió las puertas de la ciudad a sus soldados, atendiéndolos como si fueran dioses, nosotros tratamos de seguir con su ejemplo, pero pronto esos hombres comenzaron a actuar como si nuestros palacios, patios y mercados les pertenecían como para disponer de ellos como les diera la gana. Fue evidente que creían que lo único que tenían que hacer era extender la mano y habría comida o bebida. También se engolosinaron con nuestras mujeres.

—Nosotras descubrimos casi immediatemente que ya no podíamos caminar de una habitación a otra sin recibir una mirada lujuriosa o escuchar algún sonido ruin. No obstante, nuestro rey nos imploró sobrellevar la humillación y nosotros obedecimos, aunque no entendiéramos la razón por la cual nos lo pedía. Siguió así durante varios meses antes de que atacáramos a sus fuerzas haciéndolos correr y ahogarse en el lago.

El sacerdote dejó de escribir. —Pensé que las hostilidades habían empezado desde un principio.

—No. Pasaron meses antes de que ocurriera la batalla por Tenochtitlán. Fue entonces cuando por primera vez me percaté de su presencia, porque sentía sus ojos constantemente sobre mí. Era uno de los capitanes de más confianza de Cortés. Su nombre era Baltazar Ovando.

El padre Benito, con las cejas alzadas mostrando curiosidad, meneó su cabeza. —¿Capitán Ovando? ¿Quién era él? No recuerdo haber leído u oído acerca de él.

La mujer no evadió la mirada inquisitiva del cura sino que más bien se la regresó; su expresión fue franca. —Se convirtió en mi amante.

El cura soltó la pluma y se estiró para tomar su estola, preparándose para la confesión que seguro escucharía. Se estaba acostumbrando a los giros inesperados de Huitzitzilín. De repente, ella detuvo la mano del cura en el aire.

—No, padre. Todavía no. Le diré cuando llegue el momento de que escuche el resto de mis pecados. Mientras, permítame hablar un poco de él, y después continuaré con los detalles de los tiempos previos al derrame de sangre que nos llevó a donde estamos ahora.

—En aquel momento, no tenía manera de saber si era guapo o no porque todos me parecían feos. Después, con el tiempo, pude distinguirlos y me di cuenta que sus dientes no estaban podridos como los de los otros y que no apestaba tanto como los demás. Era joven, tendría sólo cinco años más que yo.

—Inicialmente, evité su mirada persistente, pero sus ojos me tentaban, me atraían e invitaban. Recuerdo que él, a diferencia de los demás blancos, no me obligaba a nada. Simplemente me miraba, y cuando finalmente le correspondí la mirada, vi una sonrisa gentil que únicamente había visto en la expresión de Zintle. Los ojos del hombre blanco me fascinaban porque eran del color del agua de los lagos cuando el cielo estaba azul. También noté que su piel era del color de una pluma blanca y que su pelo era dorado, como el color del maíz.

La imaginación del padre Benito estaba cautivada por lo que la mujer estaba diciendo y quería escuchar más. No había esperado que los eventos de esos días estuviesen entrelazados con la vida de ella, pero ahora que ella había tomado esa dirección, decidió pedirle que continuara.

—¿Qué fue de su hijo? ¿Y de Zintle? ¿Sabía de ellos el capitán Ovando?

Huitzitzilín suspiró y el sonido que hicieron sus labios expresaron exasperación. —Le contaré más sobre esas cosas después. Mientras tanto, déjeme terminar de contarle lo que aconteció hasta cuando la caída de nuestra ciudad.

Benito sintió una punzada de vergüenza al darse cuenta de que ella sabía que él estaba curioseando. Desanimado, regresó a la tarea de recoger sus palabras.

—Moctezuma hizo todo lo que estaba bajo su poder para complacer a los hombres blancos. Les dio hospedaje en el palacio de su padre fallecido, los llenó de regalos, los visitaba, y hasta parecía agradarle el capitán Cortés. Cuando el capitán hubo construido un barco sobre nuestro lago, Moctezuma lo abordó. Pasaron horas entretenidos con juegos de azar, o entablando largas conversaciones. Malinche siempre estaba presente porque en ese entonces era la concubina de Cortés.

—De cualquier modo, una tregua entre dioses es siempre breve, y así la falsa paz que prevaleció entre el capitán y nuestro rey los primeros meses, se rompió como un frágil espejo. La cortesía que inicialmente caracterizó nuestros primeros encuentros empezó a decaer. Nuestros nobles y guerreros se desesperaban por la manera en que sus capitanes colocaron cruces por todas partes. Maldecíamos la manera en que nuestros altares eran profanados con la presencia de una mujer vestida de azul, aquélla cuya cara lucía pequeña y angosta. Sus monjes, quienes no eran más limpios que los nuestros, acosaban e intimidaban a nuestros sacerdotes mientras se pavoneaban arrogantemente en sus largos vestidos marrones, arrastrando y manoseando sus rosarios de madera.

El padre Benito dejó de escribir y apuntó la pluma a Huitzitzilín. Le temblaba la mano. —No permitiré que usted diga blasfemias acerca de nuestra Madre Bendita. Tampoco debe calumniar a los misioneros valientes que han sacrificado sus vidas para traer la salvación a toda su gente. Si continúa haciéndolo, señora, me iré.

En esta ocasión, Huitzitzilín había ido muy lejos, y los labios del cura temblaban mientras él luchaba con la injuria de escuchar a la mujer maldiciendo lo que era sagrado para él. A pesar del rencor que el cura sentía, ella parecía inconsciente de lo que él había dicho.

—Los caballos y perros profanaron nuestros patios, y las armas arrastradas por ruedas acabaron con nuestro pavimento. Nunca antes Tenochtitlán había visto tanta basura regada por todos lados. Ropa sucia, andrajosas cubiertas de pies, cueros abandonados, utensilios dañados y ya nunca más útiles, toda esa basura ensuciaba lo que una vez fueron hermosas plazas y bellos jardines.

Graciela Limón

—Aborrecíamos la precencia de su gente y no podíamos comprender por qué Moctezuma no le ponía fin a todo eso. Pero lo que más nos repugnaba era la presencia de los maliciosos Tlaxcaltecas, aquéllos de la raza rancia, aquéllos que sólo aspiraban a nuestra grandeza. ¡Los Tlaxcaltecas fueron los más grandes traidores de todos ellos!

—¿Me pregunta cuándo se iniciaron las hostilidades? Pues, le diré. La falsa tregua del capitán Cortés se desenmarañó cuando él acompañó a Moctezuma al templo de Huitzilopochtli. Allí insistió en que la sangre sagrada que cubría su altar fuese limpiada y reemplazada con una cruz y una estatua de la mujer azul. Por primera vez, el rey le negó su orden, explicándole que Huitzilopochtli era nuestro señor y amo, y que reemplazarlo era impensable.

—El capitán Cortés no tuvo otra alternativa que retractar su demanda, pero no lo hizo con respeto. En lugar de ser cortés, le hizo mala cara y dio la espalda al rey, un insulto tan patente, tan imperdonable que la noticia de la ofensa llegó a todos los rincones de nuestra ciudad. La palabra corrió: ¡los dioses se endurecían!

—La situación empeoró cuando llegó a Tenochtitlán la noticia de que nuestros guerreros habían asesinado al capitán Juan Escalante y a seis de sus soldados. Todos nos regocijamos cuando recibimos esa información, pues era prueba de que esas personas no eran dioses sino hombres comunes que se podían derrotar. Poco después, sabiendo que él y los suyos estaban en peligro, el capitán Cortés reunió a sus capitanes de inmediato para aproximarse a Moctezuma. Ese encuentro fue el inicio del fin. Desde ese momento, todos se dieron cuenta de que la guerra entre los blancos y los mexicas era inminente.

—Ese día, la esposa de Moctezuma y yo conversábamos con él cuando entraron a la recámara el capitán Cortés, Malinche y sus acompañantes; sin anunciarse. Cortés habló de manera controlada, rigurosa, dándonos la impresión de que debajo de sus palabras se albergaba una ira profunda. Malinche tradujo.

—"Majestad, desde nuestra llegada, he estimado y me he encariñado con su persona. He negociado con usted con total respeto debido a su honorable posición, y he hecho todo lo que depende de mi control para no perjudicar, importunar o dañar ni a sus súbditos ni a su ciudad. Esperaba que a mí se me tratara de la misma manera. Pero ahora veo que he sido traicionado. Usted ha actuado deshonradamente a mis espaldas".

—El rey no se intimidó, sino que habló con voz fuerte. "No sé a lo que se refiere. Si yo, o alguna persona bajo mi cargo, le ha dado a usted motivos para decirme esas cosas, sea franco y explíqueme directamente el significado de sus palabras. Yo no le he traicionado, y sus acusaciones de que yo he actuado deshonradamente me ofenden".

—"¡Usted bien sabe a qué me refiero!"

—El tono de la voz del capitán se elevó y en ese momento pude escuchar a uno de los soldados murmurar "¡Perro!". Cortés continuó, su cara pálida, sus labios temblorosos y húmedos.

—"Usted sabe que Escalante y seis de nuestros soldados fueron asesinados en un cobarde ataque que se llevó a cabo bajo sus órdenes. Es imposible que no conozca la noticia. ¡Nada en esta tierra sucede sin su conocimiento, Moctezuma!" Pronunció el nombre del rey con desdén. "No estamos aquí para escuchar sus mentiras, sino para asegurarnos que usted tome acción y castigue este crimen cometido contra nuestro rey y nuestra persona".

—El silencio reinó en el salón porque Moctezuma se negó a responder la demanda de Cortés. Yo miré a la esposa de Moctezuma pero su rostro no mostraba emoción. Volteé hacia Moctezuma y vi que su cara se había vuelto como de piedra también. Sólo yo sentía mi cuerpo temblando.

—Entonces los españoles se retiraron hacia un lado de la cámara para conferenciar en secreto. De repente, avanzaron hacia el rey, lo rodearon y le pusieron grilletes en las muñecas. Sucedió tan rápida e inesperadamente que su esposa y yo nos quedamos paralizadas por la confusión. Moctezuma mismo tampoco podía creer lo que estaba pasando, y miraba sus muñecas como si fuesen monstruos extraños. Todo ocurrió en un instante, pero para cuando todo hubo terminado, Cortés había convertido a Moctezuma en un prisionero.

—De allá se llevaron a Moctezuma a la habitación de Cortés y lo detuvieron hasta que, por orden de Hernán Cortés, los cuatro guerreros que mataron a Escalante y a sus compañeros fuesen traídos a Tenochtitlán. Pocos días después, cuando circuló la noticia de que los guerreros estaban apunto de entrar al Muro de la Serpiente, todos dejaron sus quehaceres para salir a la plaza central con la esperanza de echar una mirada a estos hombres que para entonces ya eran héroes.

—Habían demostrado tener el coraje y la valentía para probar que los invasores no eran dioses después de todo. Ejercieron su poder mexica y prevalecieron en contra del enemigo. Con sus propias manos lograron hacer a las asquerosas criaturas cuya presencia encontrábamos nauseabunda lo que los demás anciábamos.

—Esos guerreros se habían vuelto más valiosos para nosotros que quizás nuestros propios dioses, porque al menos ellos estaban allí, hechos de carne y hueso, caminando y sonriendo, alentándonos diciendo que podíamos vencer si sólo tuviésemos la audacia. Para ese momento, ya se sabía del encarcelamiento de Moctezuma, y esto nos aterraba más, porque ahora estábamos sin un líder. Sin embargo, aquellos cuatro mexicas, a pesar de estar engrilletados, nos daban esperanzas de que, de algún modo, venceríamos al capitán Cortés y a sus soldados.

—Los caballeros marcharon por el Muro de la Serpiente con la cara en alto. Ni los truenos hubiesen podido acallar el clamor de la multitud. Nada hubiera podido disminuir el toque de los tambores del sacrificio que sonaban y retumbaban su alegría. Ni las armas de fuego de los españoles hubieran podido apaciguar el clamor creado por los miles de traqueteos y los mugidos de las conchas. El grito de guerra bramía fragmentando el aire, desgarrándolo.

—Aunque los guerreros estaban atados y encadenados con grilletes, fueron bañados con joyas, plumas y flores. Nuestra gente se precipitó sobre ellos, empujándolos, embistiéndolos, tocándolos, dándoles palmadas en los hombros y besándolos. Los españoles observaban sumidos en un silencio sombrío, pero nosotros sabíamos que estaban asustados.

—Cortés acalló el clamor colectivo con su salida al centro de la plaza. Con sus puños apretados y apoyados arrogantemente sobre sus caderas, él giró lentamente haciendo un círculo entero hasta asegurarse de que todos en la multitud habían visto su cara de piedra. Volteó hacia los prisioneros y en una voz que hizo vibrar las paredes del templo, se dirigió a ellos.

—"¿Confesarán el asesinato del capitán Escalante y sus soldados?"

—Hubo silencio. Sólo el sonido del viento deslizándose de altar en altar podía ser escuchado.

—"¡Si se retractan, los perdonaré!"

—De nuevo, no hubo respuesta, y todos en la multitud nos mirábamos sabiendo que esos guerreros no harían lo ordenado. Cuando Cortés se convenció de que ellos no dirían nada, no admitirían nada, y no acusarían a nadie, dio la orden.

—"¡Quémenlos!"

El padre Benito se recostó en la silla mientras fijaba la mirada intensamente sobre las begonias. No tuvo que preguntar si los guerreros habían sido ejecutados porque, aunque este hecho no había sido registrado ni estudiado en las crónicas de España, conocía lo suficiente acerca del capitán Cortés como para saber que continuó con ese castigo. De nuevo se sintió dividido entre lo que él sabía era justicia y la simpatía que crecía en él por la mujer indígena y su gente. Perturbado, se restregó los ojos preguntándose si debería terminar con la sesión.

—Los cautivos marcharon al centro de la plaza. Yo estaba, como era mi deber, acompañando a la esposa del rey, quien desde el momento en que lo capturaron difícilmente se apartaba de él. De repente, un grito que salió de la multitud nos hizo saber que algo importante estaba por comenzar. Me asomé a la terraza y vi un espectáculo que nunca olvidaré. En el centro del patio, había cuatro postes con las bases apiñadas con montículos de madera.

—Me quedé viéndo mientras los cuatro prisioneros caminaban con dignidad y sin rastro de miedo. Cuando mis ojos se enfocaron en uno de ellos, me di cuenta que era Tetla, el hombre al que había odiado, pero que ahora era un héroe de la nación mexica. Confieso que me impactó la situación, y que traté de sentir simpatía, pero como no pude, me concentré en él mientras lo ataban al poste con mecates. Allí se quedaron mis ojos hasta su último momento.

—El griterío de la gente cesó de repente, y el silencio nos envolvió. Uno de los sacerdotes cristianos, sosteniendo un libro en sus manos, murmuraba encantamientos, frecuentemente levantando su mano derecha para cortar el vacío con la señal de la cruz. Su voz flotaba por el aire de Tenochtitlán para que todos nosotros escucháramos: "¿Rechazan al Príncipe de la Oscuridad y aceptan al Príncipe de la Luz? ¿Rechazan sus vidas llenas de pecado y abren sus corazones al verdadero Dios? ¿Renuncian al infernal imperio de Satanás y desean el paraíso?"

—No hubo respuesta para la pregunta del sacerdote, sólo silencio.

—"¿Rechazan a sus ídolos y abrazan la amorosa bondad de Él quien es pura misericordia? ¿Rechazan sus costumbres malvadas y solemnemente prometen seguir el camino de la virtud? ¿Repudian las tradiciones diabólicas de sus ancestros y reciben en su corazón la casta luz de la cruz?"

—Nuevamente, nada aconteció. Ni siquiera un sólo sonido se escuchó de los caballeros que esperaban la muerte. Sólo hubo silencio en el patio central de Tenochtitlán. Sólo un viento frío y cansado sopló desde la cima de los volcanes. El sacerdote miró alrededor suyo, parpadeando, dejando ver que estaba confundido y no sabía qué hacer.

—Por un segundo volteó hacia los prisioneros de una forma suplicante. Luego su cuerpo cambió, enderezándose, su cara se enrojeció, y en una voz alta gritó, "¡Entonces los condeno a ustedes y a sus asquerosos ídolos a las bóvedas del infierno y a las eternas llamas de Lucifer y sus legiones de demonios, para que allá se purifiquen y sean torturados por la eternidad! ¡Amén!"

—"¡Amén!" Las voces de los demás españoles hicieron eco, pero sus expresiones sonaron débiles e inseguras. Luego, una hoguera fue encendida a los pies de cada uno de los hombres.

—Señora, yo fui testigo de semejantes actos de purificación cuando era niño, y no necesito registrar una descripción así. Además, la Santa Iglesia ha hecho crónica cuidadosamente de estos eventos que son bien conocidos por nuestros teólogos. No aportaría algo nuevo.

Huitzitzilín ignoró las palabras de Benito y continuó hablando. —Las humaredas subieron a lo alto del Templo Mayor. El crujido de las ramas se expandió y pronto las llamas se tragaron los cuerpos de los hombres. No pude desviar la mirada del cuerpo de Tetla, ese mismo cuerpo que había abusado del mío, que me había causado tanta humillación y dolor. Miré su cara, y excepto por el espasmo de los músculos alrededor de sus labios, estaba tan serena como lo había estado el día de nuestra boda.

—El sudor comenzó a caer desde su cara y cuerpo mientras las lenguas de fuego lamían primero sus tobillos y rodillas y muslos, y luego su vientre y pecho, después su cuello, garganta, y cara. Su pelo se encendió y se convirtió en una masa de fuego que danzaba en lo alto, alargándolo y dándole una estatura que nunca tuvo. Poco después estaba envuelto en llamas azules y moradas. Yo ya no podía distinguir su cuerpo de la lumbre, y lo que había sido piel marrón era ahora una bola de llamaradas rojas y doradas y negras.

—¡Entonces el cuerpo de Tetla se empezó a disolver! Su piel se derritió; goteando desigualmente, escurriéndose en globos. Vi su cuerpo temblar, pero ningún sonido vino de su boca. Lo que una vez había sido Tetla, se redujo primero al tamaño de una pequeña milpa de maíz, luego a la estatura de esos duendes que entretenían a Moctezuma, y después más pequeño todavía que el tamaño de una sillita, hasta que nada más quedó una cabeza envuelta en ceniza y humo gris.

—Tetla estaba muerto, y yo soy testigo de que nunca emitió un llanto de dolor. En Tenochtitlán el silencio reinaba como un azote malvado después de la ejecución, y si cualquiera escuchaba cuidadosamente, todo lo que podía oír era un sollozo de Moctezuma, rey de la alguna vez poderosa nación mexica.

Capítulo XI

El padre Benito llegó tarde esa mañana, y cuando entró en el claustro, decubrió que Huitzitzilín no lo esperaba en el lugar de costumbre. Miró a su alrededor, entrecerrando sus ojos contra la luz de la mañana hasta que finalmente la vio a través de las sombras arrojadas por los pilares de la piedra.

Antes de cruzar el jardín para juntarse con ella, se tomó tiempo para observarla; ella parecía estar hablando con alguien. Después de un momento, comprobó que era así; ella sostenía una conversación. Podía oír el alto tono de su voz, ese ritmo que transformaba lo que ella decía en una canción. Cuando logró concentrarse en las palabras de la mujer, el cura se dio cuenta de que no era español; ella estaba hablando en su lengua nativa.

—Buenos días, señora. Discúlpeme por llegar tarde. —Benito llamó a la mujer desde el otro lado del jardín.

—Buenos días, señor cura. —Detuvo su andar y alzó sus manos mientras le respondía. Ella lo esperó mientras él cruzaba el jardín, sorteando el camino con las macetas de flores y plantas hasta llegar a ella.

—¿Regresamos a nuestras sillas? —Él sonrió abiertamente mientras aguantaba su bolsa de cuero.

—Espere un minuto. Caminemos por aquí un rato más. Cuando camino puedo hablar mejor con aquéllos que se han ido antes que yo.

Benito inclinó su cabeza inquisitivamente al caminar al lado de la mujer. Él la había escuchado antes decir que ella frecuentemente hablaba con gente que había muerto, pero no le había prestado mucha atención.

—Así debe de ser, señora. La Santa Madre Iglesia nos pide que recemos por todas las almas en el purgatorio.

Huitzitzilín hizo un alto y desvió su mirada a la cara de Benito. Su mirada era intensa, pues sostenía su cabeza en un ángulo que ocultaba su cuenca cicatrizada.

—Nuestros espíritus jamás nos dejan para ir al lugar que usted menciona. Se quedan aquí con nosotros, y por lo mismo, no rezamos por ellos. En vez de rezarles, simplemente platicamos con ellos.

Ella gesticuló con las manos, demostrándole a Benito que las almas de su gente los rodeaban. —En esa rama se encuentra Moctezuma; su espíritu se aferra a ella. Por allá, sentado en la fuente, está Zintle. ¡Mira! Detrás de ti. . .

La mujer repentinamente levantó su brazo y apuntó con el dedo, haciendo a Benito saltar. Él instintivamente se dio la vuelta, esperando ver un guerrero emplumado o hasta la imagen de Tetla en llamas, imagen que había despertado al sacerdote varias veces durante toda la noche. Pero no vio nada, solamente el aire destellante del otoño, y se burló de sí mismo por haber sido tan tonto. Confiaba ver un fantasma. Suspiró hondamente porque sintió alivio.

—Como usted diga, señora. Pero me gustaría comenzar a trabajar pronto, tomando en cuenta que llegué tarde esta mañana.

—¿Murió alguien?

—Al contrario, anoche acaban de llegar tres nuevos frailes de nuestro país, y tuvimos una misa de agradecimiento esta mañana. Se hizo mas larga de lo que se esperaba.

—¡Ah! —Huitzitzilín no dijo nada sino que volteó hacia el rincón donde estaba puesta su silla. El padre Benito la siguió, siguiendo su paso lento y anticipando lo que ella le contaría hoy. Estaba tan ensimismado con lo que pensaba que chocó con ella cuando ésta se detuvo repentinamente.

—Fueron durante estos meses de espera que sumida en mis celos y soledad escuché al demonio de la lujuria.

El padre Benito estaba sorprendido por sus palabras; como de costumbre cuando hablaba de sus pecados, las palabras eran inesperadas. Él se había preparado para escuchar más sobre los eventos que condujeron a la caída de Tenochtitlán, y ahora ella estaba hablando de algo que seguramente debía haberla atrapado en el pecado.

—¿Lujuria? Eso sólo debe ser mencionado en confesión, señora. ¿Es lo que usted quiere? ¿Prefiere que escuche sus pecados en lugar de continuar con el relato que iniciamos ayer?

—No puedo separar el uno del otro. Estas cosas pasaron en mi vida al mismo tiempo, una causando la otra, y a su vez entrelazándose con algo más. . . . Ay, por favor, busque su manta. —Le tocó el brazo mientras él comenzaba a buscar su estola en su bolsillo—. Porque no puede simplemente escucharme y depués decidir qué debe ser perdonado y qué debe ser escrito.

Benito frunció el ceño, y se dirigió a su lugar en silencio porque interiormente ya había aceptado la petición de la mujer. Cuando ella se sentó en la silla, comenzó a hablar, y el cura escuchaba, con sus brazos descanzando sobre las rodillas.

—En esos días, Zintle tomó a una mujer como esposa. Hubo muchos matrimonios en esos días. Supongo que nos hacía creer que cosas así nos fortalecerían contra el enemigo. En cuanto a mí, el matrimonio de Zintle me causó tremendos celos y en mi amargura me refugié en los brazos de Baltazar Ovando. ¿Recuerda que lo mencioné antes? Fue unos de los capitanes que arribó a Tenochtitlán.

—Quería saber de mi hijo y sobre cómo pude haberlo engañado al unir mi cuerpo con el de un enemigo. Sólo le diré que me abandoné a la tortura de los celos, y cuando sentí los ojos azules del hombre blanco sobre mí, le correspondí al débil espíritu de la lujuria, esperando encontrar alivio.

—Se necesitaba poco para excitarme y cuando se me acercó, no lo dudé. Forniqué con él muchas veces. Hice a un lado el hecho de que era un enemigo. Olvidé que amaba a Zintle y que tenía un hijo. Me olvidé de mí misma también, y sólo podía pensar en la intensa urgencia que me empujaba hacia ese hombre blanco cubierto con pelaje dorado.

Huitzitzilín miró al padre Benito, cuyo rostro estaba enterrado en sus manos. Él estaba encorvado; ella podía ver el rojo que teñía su cuello. Cuando ella dejó de narrar, él se quedó en esa posición como si no hubiera oído que había terminado.

—¿Está enfermo, cura?

—No, no lo estoy. Pero todas estas cosas que usted me está diciendo deberían decirse sólo durante el sacramento de confesión. ¿No entiende? —Su voz estaba llena de desesperación e irritación.

—Ya entiendo. Entonces continuaré contándole los eventos ocurridos en la ciudad. Pero tenga la seguridad de que regresaré a esta parte de mi vida porque está conectada con otras cosas que me pasaron.

—Poco después de la muerte de Tetla, el ritmo normal de la vida diaria en Tenochtitlán parecía normalizarse. El capitán Cortés le quitó los grilletes de las muñecas y los tobillos a Moctezuma, e intentó reanudar la relación que tenían antes de las ejecuciones. El rey, sin embargo, no respondió, estaba de mal humor un día y triste el otro. Yo me mantuve cerca de su esposa, y fue durante ese tiempo que comencé a pasar más y más tiempo con el capitán Baltazar.

El padre Benito continuó escribiendo lo que Huitzitzilín tenía que decir, con el propósito de anotar cada una de sus palabras. Cada vez que él se atrasaba, le pedía a la mujer que repitiera la palabra o frase. Ella, al contar, transportaba su espíritu a los días previos a la caída de Tenochtitlán.

—Dije que las cosas parecían regresar a la normalidad, pero no fue así. Todos estábamos conscientes de que cierto temor caracterizaba nuestras acciones, incluso las más triviales u ordinarias. Los consejeros de Moctezuma dejaron de visitarlo. Los nobles y los guerreros se ausentaron también y lo hicieron sin permiso. Con la excepción de mi señora, todas las esposas y concubinas de Moctezuma desaparecieron. Los artistas y bufones del rey iban y venía a su antojo, e incluso la calidad de su comida empeoró. Fue obvio que Moctezuma estaba perdiendo el respeto del pueblo.

—Incluso, la actividad cotidiana de la ciudad se vio alterada. Disminuyó drásticamente el tráfico en las calles y en los canales. Los ruidos se hicieron sordos, y el usual flujo de noticias que llegaba de otras partes del reino casi desapareció.

—Poco tiempo después, Baltazar fue elegido como uno de los oficiales que acompañarían al capitán Cortés en un viaje a la costa oriental, donde el capitán Narváez estaba causando desorden. Se murmuraba que Cortés se preocupaba mucho por los daños que este hombre pudiese causar a sus espaldas.

—Por ese tiempo, el espíritu de Moctezuma estaba profundamente debilitado. Ni hablaba, ni miraba a nadie a la cara. Nos era casi imposible darle de comer, y su cuerpo parecía estar disminuyendo.

—Él estaba en esa condición cuando sus consejeros finalmente decidieron tomar acción, y vinieron a informarle lo que estaba pasando. Reclamaban que el dios de la guerra se había aparecido a varias personas, plebeyos y nobles, exigiéndole a Moctezuma, expulsar los demonios blancos. El Señor Emplumado estaba enfurecido, en particular, decían por la profanación de sus templos y altares. Se quejaba de que los adornos de oro que habían sido dedicados en su honor ahora habían sido fundidos y convertidos en ladrillos como sacrilegio.

Huitzitzilín dejó de hablar, permitiendo que el padre Benito escribiera lo que ella acababa de decir. Pero su pausa se extendía como si esperara que él hablara. —¿No le interesan las demandas del Señor Emplumado?

—No creo que fuera ni un dios, ni cosa semejante quien se estaba quejando. Lo que pienso es que las personas bajo el cargo de su rey entendieron que acciones inmediatas debían ser tomadas, de otro modo el reinado llegaría a su fin, que era, por supuesto, lo que estaba ocurriendo.

—Sí. Buscaban la manera de hablar francamente con él. Casi sin esperar que Moctezuma hablara con respecto al dios, el portavoz le admitió que muchos de ellos habían tomado ciertas medidas sin su conocimiento ni aprobación. Habían enviado regalos para sobornar al capitán Narváez con la esperanza de que éste traicionara a Cortés y así crear enemistad entre los hombres blancos. Estaban seguros de que esto les daría tiempo a los mexicas para preparar un ataque contra los capitanes españoles.

—No obstante, su reacción fue extraña. En lugar de sentirse alentado por lo que habían hecho sus nobles, Moctezuma se había desanimado más después de esta reunión. Hubo días en que se quedaba tan quieto que estábamos seguros de que había muerto.

Benito interrumpió su propia escritura. —¿Era él un cobarde? ¿Por qué reaccionó así?

—Muchos han dicho cosas parecidas, pero no son ciertas. Él estaba atrapado, se encontraba entre las exigencias opuestas de dos dioses, y no sabía cómo resolver este dilema. No encontraba una manera de balancear una divinidad contra la otra.

—¿Cómo conoce todas estas cosas? Nadie ha escrito o hablado jamás acerca de estos acontecimientos.

—Me encontraba allí, cerca de él, y pude ver con mis ojos y escuchar con mis propios oídos lo que hoy le cuento.

—Pero el capitán Cortés ha relatado que se sentía traicionado por Moctezuma.

—¿Cómo podría él saberlo? Le he dicho que él dejó la ciudad para encontrarse con Narváez. Ni siquiera estaba presente en la cuidad en ese momento, entonces cualquier cosa que él haya dicho acerca de lo que pasaba la escuchó de otro.

Benito estuvo callado por un rato, pensando. —Hubo reportes de que se produjo una masacre en su auscencia. ¿Esto pasó realmente?

—Sí. El capitán Alvarado se quedó con el mando, y cuando Cortés se fue, nuestros espíritus se encendieron porque vimos una oportunidad para echar a los blancos que quedaban en la ciudad. Bajo el pretexto de una celebración, nuestros líderes eligieron el día en el que los españoles serían sorprendidos y asesinados. Ese día, la noticia pasó de boca en boca. "Vístase en sus mejores ropas. Vaya a la plaza central donde se le entregarán armas. Esté alerta. Mate hasta que todos los invasores estén muertos".

—Ese día fue incluso mucho más fatídico de lo que se esperaba porque, sin que nadie lo supiera, un espía tlaxcalteca descubrió el plan, y se lo reveló al capitán Alvarado, y cuando la gente se reunió en la plaza central, los soldados españoles estaban listos y esperándonos. Con un solo golpe, los españoles reprimieron a cientos de nuestra gente.

Huitzitzilín se encontraba tan conmovida por sus recuerdos que tuvo que dejar de hablar, y se apretujaba las manos en el regazo, mientras los recuerdos de ese día se precipitaban sobre ella. El padre Benito estaba cautivado por esta descripción que nunca antes se había escuchado, y aunque quería que la mujer continuara, decidió guardar silencio. Él conocía el final de esos sucesos, pero ahora, dentro de su corazón, hubiese querido que el mundo de la mujer no hubiese sido destruido.

—Como se había planeado, cada guerrero disponible se presentó en el templo. Las mujeres y los niños no hubieran estado presentes bajo condiciones normales, pero ese día era diferente. Las mujeres junto a sus hijos se aliaron a los hombres para la batalla entre nosotros y los invasores blancos.

—El centro se llenó de gente. A primera vista, la multitud parecía festiva, feliz y bulliciosa. Todos nos pusimos nuestros más bellos vestidos, mantas, penachos emplumados, gemas, prendas doradas y aretes de jade y oro. Pero si alguien miraba de cerca, hubiera notado que los hombres usaban mantas que cubrían sus pecheras y fajas de guerra. Hubiera sido evidente que nuestras caras no estaban sonrientes. En su lugar, nos señalábamos unos a otros con los ojos, y había algo forzado en nuestros saludos. Éstos eran los signos que hablaban del motivo real de la reunión.

—Como en toda ceremonia grande, ésa empezaría con la danza de la Diosa Serpiente, Cihuacoatl, y yo era una de las mujeres invitadas a presenciar el ritual junto a otras. Nos situamos en la esquina de la plaza central donde ahora se encuentra la iglesia.

—Espere un momento. ¿Recuerda cuál esquina? —El padre Benito se sentía transportado a ese momento.

—Si mira de frente a la iglesia, sería la esquina que queda a su mano derecha. Desde allí pude ver todo lo que pasaba. En una ocasión cuando alcé la mirada, vi la silueta de un soldado que parecía estar espiando. Fue entonces cuando mis temores crecieron. ¿Qué hacía allí? ¿Había otros? ¿No tendríamos permiso para celebrar este día? ¿Se darían cuenta de nuestras intenciones? A pesar de tener estas dudas, me convencí de que todo marchaba bien.

—¡Bum! ¡Bum! ¡Bum! El gigante tambor de la Serpiente vomitaba su honda, hueca voz. ¡Bum! ¡Bum! ¡Bum! Escuchamos la voz del tambor que había estado en silencio desde la muerte de nuestros cuatro nobles guerreros. ¡Bum! ¡Bum! ¡Bum!

La mano del fraile Benito se deslizaba sobre el pergamino, tratando de apuntar todo lo que escuchaba. Su cara estaba ruborizada con la emoción que le producía la descripción vívida de Huitzitzilín, y hasta incluyó los sonidos que salían de sus labios apretados, en imitación de los sonidos de aquel tambor legendario que sólo los primeros descubridores lograron presenciar.

—¡Jaaaríí! ¡Jaaaríí! Las conchas ceremoniales balían su llanto triste mientras nos preparábamos para la ceremonia en honor del Dios de la Guerra que estaría a cargo de los sacerdotes. Esa fue la última vez que semejante danza se realizó. Fue el homenaje final para una deidad cuyos días estaban contados, porque aunque después muchos soldados españoles fueron inmolados en su nombre, nunca más sus sacerdotes lo adorarían ni lo homenajearían como lo hicieron ese día final.

—El bramar de otros tambores más pequeños, acompañados por flautas, dieron inicio tanto a la danza de los sacerdotes, como al movimiento de la gente, porque también nosotros participábamos desde el lugar donde estábamos. El ritmo de las calabazas atadas a los tobillos y muñecas de los sacerdotes anunció su entrada a través de los pórticos del Muro de la Serpiente. Encabezados por el Sacerdote Supremo, se deslizaron y culebrearon, manteniendo el ritmo con pies descalzos, con sonajas latiendo y con tamborcillos batiendo, aumentando e intensificando su cadencia. Todos nos movíamos a la cadencia palpitante de tambores y flautas, y con el fuerte zumbido emitido por las gargantas de los sacerdotes.

—¡Ummmm! ¡Ummmm! ¡Ummmm! Era la oscura, honda voz que provenía de varios pechos, cuyo sonido triste nos sobrecogía para enlazar a nuestros espíritus y así oscilábamos y ondulábamos como una serpiente, transportándonos y extasiándonos más y más con su voz divina. ¡Ummmm! El sonido creó música que corría desde gargantas salpicadas con sangre sagrada y saturadas de peyote y mescal.

—Llegaron los sacerdotes al centro del patio. Vestían togas negras, y de sus orejas rasgadas en honor a Huitzilipochtli goteaba sangre que caía sobre sus pies. Formaron un círculo y allí iniciaron su danza.

—Sus pies pisotearon; sus sonajas clamaron. Cada sacerdote levantó una mano empuñando el filoso cuchillo de obsidiana del sacrificio y con él dieron tajos a las olas de humo del copal que habían prendido. Ellos bamboleaban, y nosotros bamboleábamos. Ellos tarareaban, y nosotros tarareábamos. Tarareábamos igual que ellos. Sus ojos giraban hacia atrás para que sólo se pudiera ver la parte blanca, y nosotros hacíamos lo mismo. Echaron sus cabezas hacia atrás, y su largo pelo ensangrentado tocaba el suelo. Nosotros los imitábamos. Con las bocas abiertas y las lenguas ennegrecidas tiesas y hacia fuera, nuestros sacerdotes danzaban. Sus hombros marcaban una curva sensual hacia arriba y hacia abajo.

—Luego, el espíritu de Huitzilopochtli emergió desde las entrañas de la tierra, siseando y serpenteando por las gargantas de los sacerdotes hasta brotar de sus bocas. Todos pronunciaron las palabras, pero sólo una voz retumbó la maldición gruñendo del Dios de la Guerra.

—Entramos en un estado de éxtasis mientras éramos transportados al reino de los muertos. Allí girábamos y ondulábamos, doblados hacia atrás tanto como podíamos, sudando y jadeando cantamos en honor del dios que nos creó. Decendimos al mundo de los seres difuntos, y ascendimos desde el último nivel del inframundo hasta el decimotercer cielo.

—Agitamos sonajas, retumbamos tambores, nuestras voces siseaban y tarareaban y cantaban, nuestros cuerpos en éxtasis y con los pies deslizándose sobre las piedras del camino, nosotros, los mexicas, pagamos el último homenaje a nuestro dios de dioses en el crepúsculo de su reino.

El padre Benito, con la pluma sostenida en el aire, se dio cuenta de que estaba aguantando la respiración. De pronto sintió una punzada entre las cejas que lo hizo suspirar de manera profunda y prolongada. Su imaginación lo había transportado a aquel momento descrito por Huitzitzilín. Su corazón estaba palpitando, y él se sintió excitado; su cuerpo hormigueaba, y no podía controlarlo ni hacer que le obedeciera. Su cara se ruborizó mientras miraba con la boca abierta a la mujer indígena.

—Definitivamente eran hechiceros. ¡Nada más, y nada menos que eso, y seguramente estaban en unión con el mismo Satanás! —alegó el padre Benito.

—¿Por qué dice eso? ¿Porque lo han impresionado incluso cuando han pasado tantos años desde su desaparición?

Amilanado por las palabras de la mujer, el padre Benito recogió sus pertenencias y sus herramientas de escritura apresuradamente, metiéndolas en su bolsa de cuero. Sentía que le temblaban las manos. Sin decir nada, se fue, dando pasos largos. Antes de salir del claustro, volteó para ver a la mujer y vio que ella también lo miraba. Él sacudió su cabeza aturdido.

Capítulo XII

—La mujer comentó que sólo una voz brotó desde las gargantas de esos canallas que se llamaban a sí mismos sacerdotes. ¡Sólo una voz, padre Anselmo! Un sonido horrible que arrojaba órdenes para el sacrificio de nuestros soldados.

El padre Benito estaba sentado frente a su superior. De nuevo, ambos se encontraban en la biblioteca del monasterio. Era de noche. Escuchando al joven sacerdote, el padre Anselmo se recargaba rígido en la silla de madera, mientras tocaba distraído los remaches de bronce de la silla. Guardó silencio, no queriendo interrumpir.

—Sin duda fue hechicería, ¿no cree? —La voz del padre Benito titubeaba.

—O fue engaño.

Los ojos del joven se abrían cada vez más al percibir la mirada escéptica del sacerdote. Recordó la conversación que había tenido unos días antes, en la que el padre Anselmo le advirtió tener cuidado de hechicerías, de embrujos y del poder de aquella gente de invocar espíritus malignos. Ahora parecía cambiar su posición por completo al introducir el elemento del engaño.

El padre Benito se acomodó en su silla y se aclaró la garganta mientras lidiaba con la sorpresa causada por esta nueva posibilidad. —Entonces, ¿no cree que haya sido obra de Satanás?

—No, yo no dije eso, hermano. Simplemente propongo que es concebible esta otra explicación. Sabemos que la gente de esta tierra se aliaba con el diablo. La adoración de ídolos, el derrame de sangre humana, y sus prácticas canibalísticas, nos dieron muchas razones para creer esto. Pero por otro lado. . . —La voz de Anselmo se desvanecía.

—Por otro lado . . . ¿qué?

—Por otro lado es posible que la mujer lo esté engañando, jugando y burlándose de su imaginación. Pregúntese si alguna vez había escuchado acerca de semejante danza tonta realizada por hombres. Oh, sabemos que Satanás existe, y que controlaba a la tribu de esta ciudad. Pero los primeros exploradores jamás describieron ritos como los que describe su anciana maliciosa, y eso debe haber sido porque nunca ocurrieron. Lo que nuestros capitanes sí registraron fueron esos actos de carnicería humana que prueban que la gente de esta ciudad controlada, de hecho, por el demonio.

Benito se hundió dentro de su silla, haciendo que el cuero crujiera. La idea de que Huitzitzilín estaba mintiendo deliberadamente lo enfurecía. Sin embargo, sabía que lo que decía Anselmo era cierto, porque él tampoco había leído ni oído algo semejante a lo que la mujer había descrito.

¡Lenguas ennegrecidas y rígidas! ¡Ojos en blanco! ¡Cuerpos encorvados hacia atrás! ¡Una voz rugiendo desde las entrañas de la tierra! ¡Y todo bajo la mirada del capitán Alvarado! Si en realidad había ocurrido una danza similar, con seguridad hubiera escrito al respecto. Estas ideas hicieron que el cura repentinamente se levantara, rígido, convencido de que la mujer indígena se estaba burlando de él, contándole los cuentos.

—Tiene que estar alerta. —El padre Anselmo se acercó a Benito y le susurró este consejo final—. No coma ni beba nada que le ofrezca. Guarde distancia cuando esté anotando lo que le cuenta. No se deje seducir por la idea de que sus tradiciones fueron de alguna forma decentes o virtuosas. Más que nada, hermano, no deje que lo engañe con cuentos exagerados y falsos, inventados por su cerebro senil. No caiga en la trampa de confiar en ella simplemente porque es una persona de edad. Recuerde el refrán que afirma que más sabe el diablo por viejo que por diablo.

Capítulo XIII

El padre Benito había rezado prolongodamente la noche anterior con la esperanza de que disminuyera su enojo, y aunque sí menguó, todavía sentía rabia cuando volvió a ver a Huitzitzilín la mañana siguiente. Sin saludarla, se aclaró la voz, se sentó más lejos de lo habitual, y esperó para escribir lo que ella tenía que contar. Ella notó su cambio y frunció el ceño.

—¿Por qué está tan lejos de mí esta mañana?

—¿Lo estoy?

La voz del cura era seca y, después de unos momentos acercó la silla unos centímetros hacia la mujer, pero su incomodidad era ahora más evidente.

—¿Qué sucede?

—Para ser franco, le pediré que deje de exagerar los acontecimientos que recuerda, y que se limite a describir sólo las cosas que en realidad pasaron.

—Pero no he exagerado nada. ¡Todo lo que describí sucedió tal como se lo conté, como lo vieron mis propios ojos! No es mi culpa si los hechos están en contra de lo que le han enseñado.

Los dos se quedaron en silencio; sólo los gorjeos de las aves y el gorgoteo del agua en la fuente rompían el silencio.

—¿Quiere que continúe?

—Sí.

—¡Perfecto! —Huitzitzilín respiró profundamente, sostuvo el aliento, después exhaló lentamente—. El hechizo en el cual nuestro baile nos había sumido ese día fue roto por una explosión.

Huitzitzilín continuó su narración donde la había dejado el día anterior. El padre Benito tuvo que remover entre sus papeles para encontrar la última página.

—En nuestro ensueño no habíamos notado que las puertas del Muro de la Serpiente habían sido cerradas y que los palos que escupían lumbre apuntaban en nuestra dirección. En nuestro éxtasis no notamos que los españoles y sus aliados tlazcaltecas habían tomado posición para atacarnos. Lo que nos trajo de vuelta fue el disparo de esas armas. El primer disparo mató a mucha de nuestra gente.

—¡El susto se adueñó de nosotros! ¡El plan no resultó como lo planeamos! El miedo se apoderó de todos. Las madres se precipitaban para proteger a sus hijos; los hombres intentaban alcanzar sus armas. Nos diseminamos a través del patio como olas, como agua salpicando de un lado del cántaro al otro. Gritamos, gemimos y las explosiones no cesaban. La sangre comenzó a gotear, después a manchar, luego a inundar las piedras del patio. Cuando las armas de fuego ya no se pudieron disparar más, los soldados españoles se lanzaron sobre la gente, y comenzaron a lancear y a cortar y a tirar con sus espadas y hachas filosas. Nos quedamos indefensos. No logramos llegar a las armas que habíamos almacenado y sólo tuvimos nuestras manos para defendernos y protegernos.

El padre Benito recobró la confianza porque ahora escuchaba un hecho que sabía que había ocurrido. Las crónicas atestiguaban el hecho de que los mexicas fueron sorprendidos en pleno intento de motín en contra de los pocos soldados españoles que se habían quedado en Tenochtitlán. Había sido un evidente atentado para destruir a los hombres blancos, pero los españoles habían actuado rápida y exitosamente para frustrar el plan. Este era terreno conocido para el cura y por eso recibió con gusto la narrativa de la mujer sobre su perspectiva de la rebelión.

—Yo fui golpeada por detrás y arrastrada por la masa de gente luchando por alcanzar una puerta, una grieta, o cualquier cosa que pudiese ofrecerles refugio. Muchos cuerpos me cayeron encima. El ruido de las voces de gente gritando se hizo intolerable. El hedor a sangre, humo, orina y excremento era enfermizo. Yo me estaba ahogando; las lágrimas cegaban mis ojos y el moco corría por mi nariz, mezclándose con el sudor de mi cuerpo.

—Escuché un grito tan aterrador que me sacudió de regreso a la claridad. ¡Era mi propia voz! Aullaba como una bestia que no sabía qué hacer ni a dónde ir. Di alaridos parecidos a los de una lechuza por la noche. Mi lengua colgaba fuera de mi boca; no podía controlarlo. Sin embargo, el enemigo continuaba destrozando y cortando. Los blancos perseguían cualquier cosa que se moviera, apuntando sus armas en toda dirección. Ellos gritaban. Sus rostros eran monstruosos para mí. Vi sus labios flácidos que chorreaban saliva sobre las barbas. Ojos azules desorbitados. Vi pieles manchadas, distorsionadas por el miedo y el odio.

—Las vísceras de nuestra gente estaban envueltas en las botas de los soldados, sus extremidades colgaban de las lanzas, y los españoles continuaban atacando porque en su miedo habían perdido control sobre sí mismos. Sus cuerpos no podían dejar de dar cuchilladas. Sus piernas no podían interrumpir sus frenéticos pisotones. Ululaban como coyotes y jadeaban como buitres, y cuando vieron que todo había terminado, saquearon los cuerpos.

—Los españoles se llenaron los bolsillos con cualquier cosa que fuese de oro: aretes, collares, pulseras de tobillos y muñecas, diademas y prendedores. Los codiciosos hombres blancos se robaron todo lo que pudieron, llenándose tanto que casi no podían caminar.

La rabia de Benito regresó porque estaba seguro de que ella intencionalmente exageraba los detalles. Más que nada, rechazaba el retrato de los españoles como bestias avariciosas.

—¿Por qué describe a los mexicas como si no hubieran tenido la menor culpa y hubiesen sido tratados injustamente? ¿No es cierto que ellos habían planeado efectuar el mismo ataque contra los españoles? Si aquellos soldados españoles hicieron lo que hicieron ese día, fue en defensa propia.

—¿Incluyendo los robos? ¿Incluyendo el destrozar a niños? —La voz de la mujer vibraba con indignación cuando respondía a las acusaciones del cura. Él no respondía porque había llegado a su límite, deseaba irse de su lado para nunca volver. El silencio de él, sin embargo, la animaba a continuar.

—Después de que la ola de gente me derribó, me quedé inmobilizada por el peso de esos cuerpos, pero pude verlo todo. Todos los detalles que le estoy contando los vi con mis propios ojos, y aunque sobreviví, en ese momento yo deseaba haber muerto.

Benito miraba a la mujer con una expresión que no mostraba simpatía. En su cara había una mirada escéptica, y levantó sus cejas con suspicacia.

—¿Cómo es posible que usted recuerde tantos detalles con tal precisión? Estos eventos acontecieron hace más de sesenta años.

—Lo recuerdo porque esos sucesos están grabados en mi memoria. Estoy segura de que sus capitanes, al menos los que aún viven, los recuerdan con igual claridad.

El padre Benito dejó su pluma y se frotó los nudillos. Deseaba escribir menos sobre los detalles de la brutalidad y en cambio llenar las hojas con más información del enfrentamiento personal entre los mexicas y los españoles.

—¿Puede describir la muerte de Moctezuma?

—Sí, ¿pero no le interesa lo que pasó después de la matanza que le acabo de describir?

—Bueno, sí, pero no con tanta minuciosidad. Prefiero que detalle la muerte del emperador.

Huitzitzilín respiró hondo y exhaló lentamente; el aire jadeaba a través de su nariz marchita. Ella movió la cabeza en señal de aprobación.

—El capitán Cortés regresó a Tenochtitlán y a la guerra, porque después de la masacre nuestra gente se armó, prefiriendo morir a ser esclavos.

—Cuénteme sobre la muerte del emperador.

—¡Sí! ¡Sí! ¡Hacia eso voy! Como ya le he comentado, me quedaba en compañía de su esposa, y las dos solíamos pasar los días en su recámara. Recuerdo que cuando regresó, Cortés se enteró de que los mexicas intentaban matarlo, así que con sus hombres, irrumpió en la habitación de Moctezuma, pensando que el rey todavía tenía algún poder sobre su gente. La vena en la frente de Cortés palpitaba negra e hinchada en comparación con el azul claro que solía tener, y sus mejillas temblaban. Sus rígidos brazos estaban parcialmente extendidos, y sus dedos en puños abiertos y cerrados. Era notorio que temía por su vida.

—Sin mediar palabra, él y sus soldados se lanzaron sobre el rey y lo raptaron. Los que estábamos allí tratamos de ayudarlo, pero fue inútil porque éramos casi todas mujeres. Cortés y Alvarado se llevaron a Moctezuma, sacándolo forzosamente a la terraza desde donde toda la ciudad que se apiñaba en el patio podría verlo. Todo esto sucedió rápidamente y sin explicaciones.

—Fue entonces cuando el silencio que había dominado a la ciudad se convirtió en clamor. Hubo ruido de tambores, conchas, sonajas y de voces que pedían la sangre de los blancos. Vi que el capitán Cortés alzó su mano tímidamente y la sostuvo en el aire. ¡El clamor paró! Durante todos estos hechos Moctezuma permaneció inmóvil.

—Se hizo el silencio. El viento sopló como si se deslizara desde los volcanes, y sólo el sonido de algunos pies que se deslizaban rompían con la aparente calma. Es importante precisar que nadie insultó a Moctezuma, como se narra en algunos relatos. ¡Cuántas veces he escuchado que fue Cuauhtémoc quien se burló de Moctezuma, llamándolo mujer de los españoles, y que, como resultado, uno de nosotros le lanzó una piedra para matarlo!

—¡Un momento, por favor! Todos sabemos que Moctezuma fue asesinado por su propia gente. —El padre Benito había dejado de escribir.

—¡No es cierto! A muchos les encantaría creer que así sucedió, pero no.

—Señora, ¿por qué distorcionaría alguien la verdad? ¿Qué ganaría?

La cara de Huitzitzilín estaba tensa. Sus labios se adelgazaron más. —El asesinato de un rey a manos de su propia gente es un acto malvado, que desmuestra corrupción. Si los mexicas hubieran tracionado lo que ellos consideraban lo más sagrado, entonces ese acto sería prueba de su vileza, y su destrucción estaría justificada. Usted pregunta, ¿qué se ganaría? Yo le sugiero que no pregunte qué se ganaría, sino, ¿quién ganaría? A esta última pregunta yo respondería que fue su gente quien se benifició con tal mentira.

—Así fue cómo sucedió. Cuando Moctezuma salió para que todo su pueblo lo pudiera ver, se encontró con el silencio porque todos estaban abatidos por su apariencia. Para ese entonces, se había deteriorado más de lo que la gente se había imaginado. Sus extremidades habían languidecido y sus hombros estaban decaídos. Su cara estaba dibujada y delineada con arrugas. Su boca era una delgada línea de lo que una vez había sido. Sus ojos estaban vacíos, se les había extinguido el fuego. Su estado total era una pena. Hasta su pelo débilmente caía sobre su cabeza.

—En realidad, ¡nadie habló! Cortés desvió su cabeza de la gente y dirigió su mirada a aquéllos que estaban en la terraza, luego otra vez hacia la gente. Perecía que quería decirnos algo a nosotros o a las masas porque su boca se abría y se cerraba.

—Cuando nuestra gente se dio cuenta de que nuestro señor Moctezuma estaba a punto de morir, se escucharon gritos tremendos. Fue en ese instante cuando Cortés perdió el coraje y de pronto se retiró a la cámara. Estando en el interior del palacio, apretó los dientes y les dijo a sus soldados, "¡acaben con este perro!"

—¡No! ¡Éste es otro de sus inventos! —El padre Benito retó a la mujer con una mano alzada y un dedo que casi le roza la punta de la nariz—. ¡Todos saben que el capitán Cortés nunca dio semejante orden!

—Pues sí, la dio. Yo fui testigo. Lo escuché con mis propios oídos.

—¡Miente!

El padre Benito se levantó y comenzó a alejarse de Huitzitzilín, pero algo lo detuvo. En su mente se formó un pensamiento que le sugería que lo que ella afirmaba no era imposible. Cortés era un hombre conocido por dar órdenes violentas.

El sacerdote se detuvo donde estaba y ponderó sobre esta posibilidad y el impacto que podría tener en su documento. Giró su cuerpo sobre el talón de su zapato y encontró a la mujer mirándolo. Su expresión le decía que ella sabía sus pensamientos, pero él regresó a su silla de todos modos.

—Cuando Cortés salió del cuarto, tres de sus capitanes permanecieron allí. Uno de ellos era Baltazar Ovando. Sabía cual era la orden, y todos los que estábamos en el cuarto sabíamos lo que sucedería. La esposa de Moctezuma intentó protegerlo, pero uno de los españoles la golpeó en la cabeza y ella murió instantáneamente. Cuando me arrojé para ayudarla, el mismo hombre trató de agredirme pero falló en su intento. Baltazar y el otro hombre me hicieron a un lado, y cuando mis ojos se encontraron con los del hombre con quien me había acostado, éste no dijo nada. Solamente me miraba con sus ojos vacíos.

—Fue Baltazar quien agarró a Moctezuma y lo arrastró sobre el suelo hasta una esquina en donde sacó su daga y la hundió en el cuello, el pecho y el vientre del rey. Moctezuma se quedó en silencio. El único sonido que se escuchó vino del cuchillo machacando la piel.

—A pesar de que Baltazar trató de ocultar su cara, yo vi su cara asesina. Asesino. Estaba distorcionada por la furia y la locura; era indescriptiblemente repulsiva. La cara que en algún momento había creído bella, se hizo atroz. La expresión que había pensado gentil, ahora era monstruosa.

—Cuando todo terminó, Baltazar y los otros dejaron la recámara. Ni siquiera se preocuparon por mí ni por los cuerpos de Moctezuma y su esposa. Yo me quedé doblada en el piso, porque no tenía la fuerza para moverme. No recuerdo cuánto tiempo permanecí allí. Un rato después, me despertaron las asustadas voces de los sirvientes que habían venido para ver lo que había pasado. Me levanté, tratando de sobreponerme al terror que se aferraba a mí para pedirles que me ayudaran con los cuerpos.

—¡Huyeron como conejos! Corrieron todos menos uno, pero él también se negó a ayudarme. Lo abofeteé. Le di en la cara varias veces, y aún así, permaneció atemorizado, incitándome a pegarle hasta que la sangre le corriera por los oídos y las narices. Luego se levantó y salió corriendo.

—Estaba sola pero sabía que el cuerpo del rey tenía que ser tratado con reverencia. Dejando atrás a su esposa, batallé con su peso hasta llegar a una esquina aislada del palacio, unté su cuerpo con aceite y después le prendí fuego.

—Al principio, su cuerpo se prendió lentamente, después con más energía hasta que quedó reducido a cenizas. Nuestra gente ahora emprendía una guerra contra los españoles. Nadie investigó la causa del fuego y del humo que salía desde el interior del palacio. Cuando se quemó por completo, recogí las cenizas, las puse en un cántaro y las enterré en una de las paredes del palacio. Esto sucedió la misma noche durante la cual los españoles fueron expulsados de nuestra ciudad. La Noche Triste, como es recordada por su gente.

El padre Benito bajó su pluma y se alisó las cejas varias veces como tratando de reconciliar lo que había aprendido con las ideas nuevas que estallaban dentro de su mente. ¿Habrían verdaderamente asesinado los capitanes a Moctezuma? Si en realidad ocurrió así, entonces las crónicas y las cartas que se enviaron a España estaban llenas de mentiras o de engaños en lo que se refiere a la muerte del líder.

Se quedó mirándola por varios minutos, tratando de detectar cualquier señal que implicara que ella estuviese mintiendo, pero no vio ninguna. El cuerpo de la mujer estaba sereno, al igual que su rostro. Ella parecía aliviada, como si se hubiera deshecho de un peso enorme que había cargado largamente en su memoria.

Cuidadosamente, el padre Benito ordenó sus papeles dentro de su carpeta. Limpió la punta de su pluma y la puso en su lugar. Cuando ató las cuerditas de cuero, acomodó su bolsa y miró a Huitzitzilín. Después se puso de pie. Antes de irse, dijo, —Quizás sí ocurrió como usted lo dice.

Capítulo XIV

—Cuando el pueblo de Tenochtitlán alejó a los soldados blancos y a las tribus que los habían ayudado, los mexicas regresaron a sus hogares para celebrar su liberación. Muchos de los enemigos fueron capturados casi inmediatamente, y fueron sacrificados en honor a Huitzilopochtli.

Huitzitzilín había reanudado su historia. El padre Benito, evidentemente menos intimidado por la mención de ese dios, hizo a un lado la advertencia del padre Anselmo. Justificaría su nueva actitud recordándose que esta información ya era ampliamente conocida en España y difícilmente considerada herejía. El cura recordó que fue Cortés mismo quien había relatado el horror sentido por él y los soldados que habían sobrevivido a esa prueba cuando vieron a sus compañeros siendo sacrificados.

—Pero usted únicamente ha mencionado esos días casualmente y de paso. ¿No tiene memoria de ellos?

—Sí, claro, los recuerdo como si hubiera sucedido ayer. Cuando los mexicas vieron lo que había sido de su rey, declararon una guerra sagrada en contra del hombre blanco. Lo primero que hicieron fue destruir todos los puentes dentro de la ciudad para así atrapar a los enemigos. Todo sucedió tan rápido que para cuando había terminado con las cenizas de Moctezuma, la trampa para los españoles ya había sido preparada.

—Muchos días pasaron durante los cuales nuestra gente atacó a los españoles con flechas y lanzas, o cualquier otro objeto que pudiera causar daño. Los españoles contratacaron con armas que escupían fuego, pero fueron apabullados porque éramos muchos. Pronto, ellos, sus aliados y sus animales se quedaron sin agua fresca o comida, y de vez en cuando, en el silencio de la noche, pudimos escuchar sus quejidos. Después de un rato, podíamos escuchar incluso sus sollozos.

—Cortés demoró ocho días en trazar un plan para escapar. En esos días, diseñó un puente que podía ser cargado a mano y usado para cruzar los canales que conectaban la ciudad con las calzadas de las afueras. Lo fabricaron con materiales que arrancaron de los palacios en donde estaban viviendo. Cuando terminaron la construcción, el capitán dio la orden de evacuar Tenochtitlán por la noche. Estaba lloviendo, lo recuerdo.

—La crónica de Cortés dice que el escape aconteció en la última noche de junio. Sin embargo, él no aclara el por qué fallaron en su intento. —El padre Benito habló en voz baja al recordar la información que Cortés había enviado al rey de España.

—El plan falló porque una de nuestras mujeres casualmente los vio intentando salir de la ciudad. Ella comenzó a gritar, alertando a los que estaban a su alrededor, y desde allí a toda la ciudad. En ese momento comenzó la "Noche Triste" para los españoles invasores.

—¡Qué irónico! ¡Una mujer!

—Padre, no se sorprenda. Las mujeres mexicas fueron importantes durante esas épocas. Nosotras nos enfrentamos a la invasión igual que los hombres. Estábamos involucradas, muchas veces incluso durante la batalla, y ciertamente en este último ataque.

El padre Benito se concentró en lo que Huitzitzilín acababa de decir. Era lógico que el capitán Cortés no mencionara estos hechos en sus relatos. Dejó al margen el hecho de que otras tribus fueron determinantes en el logro de la victoria sobre los mexicas, como lo había hecho respecto a sus propios soldados, reclamando el mérito para sí mismo. Para el padre era lógico que el capitán omitiera el hecho de que una mujer nativa haya tenido un papel importante en la que fuera su humillación más grande.

—Señora, luego ¿qué pasó?

—¡Jaaarííí! ¡Jaaarííí!

Huitzitzilín sorpresivamente soltó un grito de guerra mexica. Su voz era tan fuerte y tan punzante que asustó al padre Benito, haciendo que su brazo se sacudiera, casi tumbando su tintero. La observó, sorprendido de que tuviese tal poder en los pulmones. Miró todo a su alrededor y se asombró de que nadie haya salido a ver lo que pasaba.

—El grito que nos convocó a la guerra que todos esperábamos sonó, y todos: hombres, mujeres, y hasta niños, nos llenamos de júbilo, sabiendo que como estaba decretado que íbamos a ser la última generación de nuestro pueblo, por lo menos tendríamos el gozo de clavar nuestras dagas dentro de esos pechos pálidos. Nuestro sería el honor de ofrecer sus corazones a Huitzilopochtli.

Los ojos del padre Benito se entrecerraron mostrando incredulidad. Miraba a Huitzitzilín y veía a una mujer anciana y frágil, quien formó parte del sacrificio de sus compatriotas. Cuando vio la mirada de terror del cura, ella cambió.

—Lo he sorprendido una vez más. Voy a continuar, pero sólo mencionaré los pormenores de cómo los españoles fueron asesinados o echados de nuestra ciudad. Nada más.

—Cuando intentaron salir, comenzó a llover fuertemente. Se les hizo difícil ver con claridad. Se resbalaban y caían debajo de sus bestias de cuatro patas. Cántaros de agua caían sobre ellos. En la oscuridad, esos hombres arrastrándose y retorciéndose parecían gusanos. En medio del sonido del Tambor de la Serpiente, el estrepitoso choque del metal con la madera y los alaridos de los animales, nuestros guerreros se lanzaron por detrás sobre la horda que trataba de escapar, y también los atacaron desde el lago, donde innumerables canoas establecieron sus flancos. Mientras tanto, los españoles eran masacrados por flechas y lanzas.

—Nosotras, las mujeres, nos posicionamos en las azoteas, lanzando piedras y apuntando objetos sobre sus cabezas. A la vez, chillábamos y gritábamos como demonios, sabiendo que el pandemónium aumentaría su terror. Cortés y sus capitanes pudieron cruzar las calzadas llegando así a la orilla del lago, pero como sólo tenían un puente para todo el ejército, nuestros guerreros no les dieron tiempo para cruzar. La trampa se cerró.

—Cuando el capitán Cortés volteó hacia atrás, vio una maraña de armaduras, caballos y lanzas. Vio hombres tropezándose sobre otros soldados, tratando de cruzar el puente. Vio que muchos se caían dentro del lago, y se hundían como tortugas desorientadas, arrastradas por el peso del tesoro robado. Vio al capitán Alvarado hundir su lanza en un cuerpo sin vida empujándose hacia adelante para salvarse. Vio también a su concubina trepándose sobre cadáveres, pisando cabezas y hombros para poder vivir. Luego todo terminó repentinamente.

El padre Benito movió su cabeza de un lado a otro. —Una versión de la historia dice que, cuando volteó hacia atrás y vio lo que usted ha descrito, lloró como un niño. El árbol bajo el cual lloró todavía está allí. Fue unas de las primeras cosas que me mostraron cuando llegué a esta tierra.

—No dudo que le hayan mostrado un árbol, pero sí dudo que el capitán haya llorado.

—¿Lo duda?

—Sí, porque los chacales no lloran.

Capítulo XV

—Fue un grave error. —Huitzitzilín seguía reflexionando sobre los días que culminaron con la Noche Triste.

—¿Qué cosa fue un error?

—No perseguir a nuestros enemigos esa noche y exterminarlos. No lo hicimos porque estábamos tan alegres, tan llenos de gozo y alivio por haber librado nuestra ciudad del invasor, que todo en lo que podíamos pensar era en acudir a Huitzilopochtli. Nuestros nuevos líderes, Cuitláhuac y Cuauhtémoc, se habían ganado nuestra confianza. Sus estrategias de guerra habían resultado efectivas, y nosotros como pueblo necesitábamos exaltar nuestro espíritu una vez más.

—Regresamos a nuestros templos, pero estábamos equivocados. Por hacer eso los mexicas le permitieron a Cortés retroceder, reunir más tribus como aliados, ganar tiempo para recuperar fuerzas, y luego atacar otra vez. Pero estoy segura de que esto ya ha sido registrado en sus documentos, ¿no es cierto?

—Sí, ya ha sido registrado.

—Permítame preguntarle esto. ¿Cómo fueron derrotados los mexicas realmente?

El padre Benito miró a la mujer sin saber exactamente lo que su pregunta significaba. Por un instante él pensó que ella podría estar tomándole el pelo, y sonrió forzadamente.

—La tribu fue derrotada por la aplicación de una táctica militar superior al mando del capitán Cortés en la última batalla por Tenochtitlán. —El sacerdote escuchó sus palabras y se dio cuenta que sonaban vacías. Era la repetición de lo que le habían contado desde su niñez.

—Eso es lo que dicen las crónicas, pero realmente no fue así. Antes de que el capitán Cortés regresara para vengar su honor, nosotros fuimos víctimas de la tragedia más terrible que jamás haya abatido nuestra gente. Fue más cruel que la sed y el hambre que sufrimos cuando después fuimos puestos en estado de sitio. La enfermedad traída a nosotros por sus soldados llegó a ser más aterradora que sus armas. Atemorizaba más que sus perros, y causaba una muerte más dolorosa que la de las torturas aplicadas en nosotros por los nuevos amos españoles.

—¡Fue la peste! El terror andante azotó estas tierras con una fuerza inigualable, desatando la rabia del hombre blanco sobre nuestra gente. Fue peor que las matanzas que hicieron en los templos, porque no podíamos ver al enemigo. Una madre no podía levantar un puño contra el demonio morado. Un hombre era incapaz de usar su escudo o su cuchillo. Un rey no podía enviar su armada a extinguir el asesino. La muerte negra era invisible, su cabeza calva nunca había sido vista, su amplia sonrisa estaba más allá de nuestra visión.

—Nosotros habíamos expulsado a los españoles, pero su veneno quedó entre nosotros, y pronto comenzamos a morir en grandes cantidades. Se escucharon gemidos y llantos en todos lados. El aire se volvió rancio por el hedor de los cuerpos podridos. Familias enteras perecieron. La gente corría hacia las calles o se lanzaban al lago, esperando liberarse del espantoso fuego que consumía sus cuerpos. Las calles se llenaron con cuerpos; el lago se pudrió por los cadáveres hinchados.

—La peste es una muerte dolorosa. Ataca el cerebro, inflamándolo, y el cuerpo es torturado por la fiebre. La piel es infestada por llagas purulentas. La carne se vuelve morada y luego negra hasta abrirse en fisuras acuosas. Aún peor que el dolor es la pérdida de la capacidad de raciocinio, y finalmente, la garganta y la lengua se hinchan hasta que todo el aire deja de circular.

Al padre Benito le comenzaba a doler el éstomago por las descripciones tan crudas que hacía la mujer. Recordaba que durante su infancia, él y su familia se vieron forzados a abandonar Carmona un verano a causa de una plaga que surgió. El recuerdo de esa experiencia hacía que sus entrañas se retorcieran del dolor.

—Señora, conozco bien los síntomas y efectos de la viruela. ¿Podía mejor describir qué papel tuvo la enfermedad en la caída de Tenochtitlán?

—Cuando asesinaron a Moctezuma, su hermano Cuitláhuac fue elegido rey, pero pronto se enfermó y se murió. Nuestra gente cayó en la desesperación porque en todas partes estaba la muerte, y ahora incluso el rey había sido abatido. Cuauhtémoc tomó el lugar del rey, pero, para entonces, el que una vez fuese el gran espíritu del pueblo mexica había sido atacado por la peste blanca. La muerte de su alma fue lo que causó la caída de nuestra ciudad, más que sus cañones y caballos.

—Fue entonces que a mí también me agredieron los dioses. No sé si fue el suyo o el mío, pero seguramente fue un dios iracundo y celoso que desató su castigo sobre mí por todos mis pecados.

Como solía suceder, el cura estaba otra vez asombrado, no sólo por lo que Huitzitzilín estaba deciendo, sino por la intensidad de sus palabras. Su mente había estado concentrada en la conquista de la caída de la ciudad, pero ahora sus pensamientos fueron interrumpidos por algo más íntimo para la mujer.

—Por favor tenga cuidado al invocar el nombre del Señor, porque Él no es celoso ni rabioso. Con todo gusto escucharé lo que tiene que confesar pero no escribiré eso porque es personal y, sin duda, no tiene nada que ver con el relato de la historia de su gente.

Huitzitzilín torció la boca mientras miraba al padre poner su pluma a un lado. Lo miró tanto tiempo que le hizo retorcer y frotar la cara.

—Sí tiene que ver con nuestra historia, porque yo soy una mujer mexica. Lo que me pasó a mí le pasó a la mayoría de mi gente cuando los suyos nos invadieron y nos maldijeron con su enfermedad.

La canción del colibrí

El padre Benito estaba desconcertado por la mordacidad de las palabras de la mujer, y por dentro se regañaba por haber sonado arrogante otra vez. Pero ahora no podía remediarlo. La había ofendido, y no podía revertirlo. Decidió que era mejor mostrar interés en lo que ella tenía que decir.

—Cuando regresé a mi recámara, en uno de esos días malvados, descubrí que mi hijo había sido atacado por la enfermedad. Lo que más había temido sucedió. Estaba contaminado a pesar de que lo había escondido, y yo había simulado no tener hijos con la esperanza de engañar a la amenaza.

—La peste es astuta: tiene los ojos de un tigre, la nariz de un chacal, los colmillos de un coyote, le velocidad de una víbora. ¡Es imposible burlarla! Vi que la calamidad había invadido mi propia vida y que había puesto su dedo apestoso sobre mi hijo. Ese día su cara estaba hinchada y febril. Su lengua buscaba atrapar el aire. Le daba agua, pero no podía beberla. Le humedecía los labios y las mejillas, pero podía ver que servía de poco. Quemé copal, tratando de expulsar al espíritu malo de mi cuarto.

—Cuando vi que mis intentos eran inútiles, les imploré a los dioses que me llevaran a mí en su lugar. Les rogué que se llevaran cualquier cosa, mi belleza, mi cuerpo, mis ojos, mi alma, cualquier cosa menos mi hijo. Pero él empeoró, y yo lo vi morir. Lo que más amaba en el mundo murió. No llegaría a ser hombre porque estaba muerto. Su inteligencia y su alma no descubrirían la belleza que lo rodeaba, porque estaba muerto, y ¡fue la bestia blanca la que lo había matado!

El padre Benito estiró la mano y la puso sobre el hombro de Huitzitzilín; se dio cuenta que ella estaba temblando. Se agachó para poder ver su cara, pero ella la tenía tan inclinada hacia abajo que lo único que podía ver era su frente arrugada.

—No debe pensar en esos días. Es demasiado doloroso.

Repentinamente, la mujer se enderezó e irguió su cuerpo. Alzó sus brazos de manera amenzante, cerró sus puños y apretó su cara. Saltó hacia adelante con tanta fuerza que el padre se encogió en su silla.

—¡El odio invadió mi alma! Como vómito fluyendo en mi garganta, tuve el deseo de salir corriendo de Tenochtitlán, llegar hasta los campamentos de los blancos y allá hundirles un cuchillo a cada uno de ellos.

—La angustia me dominó, y enfrente del cuerpo muerto de mi hijo, me mutilé. Me arranqué el pelo hasta que se me salía a puñados. Golpeé mi cabeza contra el piso de piedra. Después, arañé mi cara hasta perforar uno de mis ojos. Fue con ese incendiante dolor que encontré algún tipo de alivio a la desdicha que me causó la muerte de mi hijo.

—¡Jesús, María y José!

El padre Benito hizo la señal de la cruz y estaba a punto de irse cuando Huitzitzilín lo empujó hacia la silla. Cayó incómodamente, impresionado por la fuerza que tenía la mujer.

—No supe cuánto tiempo me quedé allí, maldiciendo a los dioses que habían creado a los hombres blancos. Lo único que recuerdo es que fue el dolor en mi cabeza lo que me hizo moverme. Cuando me levanté del piso, supe que nada más podía ver por un ojo. También supe que ahora iría por la vida como una mujer deformada, causando repugnancia y lástima, y que nunca más sería Huitzitzilín, una mujer conocida por su belleza.

La mujer se hundió en un largo silencio. Benito se dobló cabizbajo en la silla con los ojos cerrados hasta que sintió la mano de Huitzitzilín sobre su brazo. Él batallaba con la idea de automutilación. Su mente se escabullía, buscando una razón, una explicación, pero no encontró ninguna.

Cuando ella recobró su compostura, continuó hablando. —Ahora puede comenzar a escribir otra vez porque tengo un poco más que contar acerca de la caída de nuestra ciudad, aunque tendrá que incluir algo de mi propia historia. —Como el sacerdote frunció el ceño, ella replicó—, No puedo separar lo que me pasó a mí de la historia de mi propia gente. —Luego ella esperó hasta que alcanzara su hoja de papel y su pluma.

—Conforme pasó el tiempo, la peste disminuyó notablemente pero ya habíamos perdido a los mejores soldados y nobles.

Zintle fue uno de ellos. También habíamos perdido nuestro ánimo, a pesar que de nos esforzábamos por recuperar nuestra antigua vitalidad. Hacíamos esfuerzos débiles en las celebraciones, pero nuestro corazón no estaba allí. Pretendíamos chismear y reír, pero no podíamos engañarnos, porque por dentro llorábamos la pérdida de nuestra alma.

—Casí un año entero pasó antes de que Tenochtitlán fuese atacada otra vez por el capitán Cortés, y durante ese tiempo nuestra gente se preparó para la guerra. Cuauhtémoc recobró la fuerza y de algún modo encontró la forma de iniciar a nuevos guerreros y de acumular provisiones frescas. Almacenamos comida, agua, ropa y armas en lugares estratégicos de la ciudad.

—En cuanto a mí, las heridas de mi cara sanaron, pero las cicatrices, como puede ver usted mismo, permanecieron. El hueco donde antes se encontraba mi ojo se cerró y con el tiempo se formó la cavidad que usted ve ahora. Me mantuve como parte de la corte que acompañaba al rey, pero hubo lenguas venenosas que murmuraban que yo me había acostado con un capitán blanco. Sentí frialdad a mi alrededor. No me importaba, porque de cualquier forma más tristeza no me cabía.

Huitzitzilín parecía estar cansada. Su cuerpo se debilitaba.
—Me voy a descansar ahora, pero quédese otro poco porque tengo más que contarle antes de que se vaya.

El padre Benito se levantó y se dirigió a la fuente, donde se sentó y se puso a reflexionar sobre lo que Huitzitzilín le había confiado. Cerró sus ojos, pero la oscuridad debajo de sus párpados estaba llena de imágenes de muerte y de guerra, de belleza destruida y de espíritus pisoteados.

Capítulo XVI

El padre Benito se sorprendió cuando Huitzitzilín le dijo que regresara a la silla junto a ella. Él pensó que ella estaba demasiado cansada, pero vio que una nueva energía la había invadido.

—El capitán Cortés regresó con los nuevos refuerzos durante los días en los que las flores cubrían Tenochtitlán, pero ésa sería la última vez que nuestros jardines florecerían. Llegaron los hombres blancos, y nuestras tropas no pudieron con ellos a causa de la plaga. Pese a que estábamos preparados, el asedio fue tan prolongado que nos fue mermando hasta morir de hambre y de sed, y nos fue imposible sobrevivir. Cayó Tenochtitlán.

—¿Qué recuerda de esos días?

—Mi estómago todavía se retuerce cuando lo recuerdo. Era muy temprano por la mañana cuando el Tambor de la Serpiente anunció la alerta, avisándonos que la esperada batalla con los invasores estaba por comenzar. El lago se llenó con canoas de guerra repletas de guerreros; el aire se cargaba con sus gritos de guerra. Las calzadas fueron fortificadas con la espectativa de un ataque así como cada calle, hogar y templo.

—Entonces los enfrentamientos comenzaron. El capitán Cortés logró expulsar a los mexicas fuera del lago con un barco que había construido y puesto a flote. Estaba cargado con armas que escupían fuego. Sin embargo, la batalla por las calles de Tenochtitlán no era tan fácil, y los duelos duraron mucho tiempo.

—Casi tres meses. —El padre Benito dijo suavemente.

—¿Conoce todos los detalles?

—No todos. Me gustaría saber qué ocurrió entre su gente durante ese tiempo. ¿Qué comían y cuándo dormían? ¿Qué sintieron?

—Estábamos asustados pero no teníamos miedo. Pero conforme pasaba el tiempo, nuestras bajas eran tan severas, que hasta nuestros heridos tuvieron que salir a pelear. Nosotras, las mujeres, ayudábamos preparando armas para los guerreros. También fuimos a la batalla, lanzando piedras u objetos a los enemigos desde las azoteas y otros lugares escondidos. Y hasta dejamos de comer y de beber para que los hombres pudieran alimentar sus cuerpos con lo poco que quedaba de comida.

—Pronto se nos acabó la comida y el agua. No teníamos nada que comer más que la corteza de los árboles, plantas y hasta las hierbas que crecían por el lago. Con el tiempo, incluso estas cosas desaparecieron. Después tampoco teníamos nada que beber, excepto el agua del lago, pero era salada, y los que la tomaban perdían la razón. Luego tomamos orina.

—Aquéllos de nosotros que todavía peleábamos nos vimos obligados a retroceder hasta Tlaltelolco. Ya para ese momento, los canales y las avenidas de la ciudad estaban destruidos. Nuestras casas, patios, plazas, escuelas, altares y templos quedaron en ruinas. Y los cuerpos putrefactos de nuestros difuntos nos recordaban que algo aún más importante que una ciudad había llegado a su fin. Después de que el capitán nos ordenara rendirnos para salvar Tenochtitlán, preguntamos: "¿Cuál Tenochtitlán?"

—Cuando llegó el final, decidimos que si nuestra ciudad no se podía salvar, al menos intentaríamos salvar el futuro de nuestra gente. Se diseñó un plan para que Cuauhtémoc, su esposa y otros escaparan a los territorios del norte de donde éramos originarios. Allí encontrarían el santuario para dar nacimiento a una nueva familia. Desde allí, los mexica, con el tiempo, podrían recobrar su destino.

—Se alistó una canoa. Me quedé mirando mientras el rey, su esposa, sus ayudantes y varios otros nobles se subieron. Clavé mi mirada en ellos, preguntándome sobre mi propio destino y lo que me había conducido hasta aquí para presenciar el fin de mi gente, así como la partida de los que darían nacimiento a una nueva raza.

—Luego el rey me pidió que me fuera con ellos, y me subí a la canoa sin pensarlo dos veces. Nadie se opuso. No era hora de quejas ni de preguntas, y todos nos mantuvimos en silencio mientras el bote se dirigía hacia la zona norte del lago. Pero al poco tiempo, fuimos interceptados, atrapados, acorralados y capturados.

Huitzitzilín dejó de hablar, y el padre Benito estiró su cuello. Ella estaba otra vez fatigada y era incapaz de continuar, pero a pesar de esto y de su propio cansancio, él deseaba escuchar más.

—¡Continúe, por favor! ¿Qué sucedió después de eso?

—¿Qué pasó? Cuauhtémoc y los otros nobles cayeron prisioneros. El resto de nosotros nos dispersamos en todas las direcciones, muriendo por el camino de hambre y de tristeza. No mucho tiempo después, los mexicas desaparecieron como pueblo.

La mujer se estremeció un poco mientras pasaba su lengua sobre su labio superior seco. Suspiró y, tambaleándose, se puso de pie.

—Esto es todo lo que tengo para contarle sobre el encuentro entre mi gente y la suya. De ahora en adelante, puede dejar sus papeles en el monasterio porque mañana terminaré mi confesión.

Capítulo XVII

—Nuestros dioses fueron vencidos después de la caída de Tenochtitlán, así como lo fueron nuestras tradiciones. Nuestros guerreros y nobles fueron erradicados, nuestros niños padecieron de hambre y nuestras mujeres fueron violadas por los conquistadores blancos y sus aliados. Los que sobrevivimos nos dispersamos, y Anáhuac se convirtió el reino de Nueva España.

El padre Benito se sentó sosteniendo su barbilla en una mano. La estola confesional colgaba flácida sobre sus hombros, casi llegando hasta el piso. Él estaba completamente sorprendido por el cambio en Huitzitzilín. Había llegado esa mañana listo para escuchar su confesión, y en cambio, la encontró relatando más sobre su historia. Esta vez, él decidió no decir nada, deseando conservar lo que ella dijera en su memoria.

—El Anáhuac se convirtió en el valle de una pesadilla maligna, y nosotros en sonámbulos. Era un mundo de muerte y tortura, de corrupción y tración, de envidia y terror. Todos participamos, nadie estaba libre de responsabilidad. Los mexicas odiaban, y los castellanos codiciaban. Fue durante esos días que el capitán Cortés le quemó los pies a Cuauhtémoc en un intento de forzarlo a revelar el sitio en donde un tesoro secreto estaba enterrado. Él no pudo sacarle nada al rey; todavía es un secreto.

—Yo sólo tenía veinte años de edad, pero envejecí. Estaba demacrada, aparecieron canas en mis cabellos y las cicatrices en mi cara se pronunciaron cada día más. Estaba sola y sin hogar. Intenté regresar acá, a este lugar donde nací, pero las calles estaban obstruidas y eran peligrosas, así que permanecí en las afueras de lo que había sido nuestra ciudad.

—No morí, como puede ver. Hubo temporadas en las cuales pude ganarme la vida. Trabajé con multitudes de obreros que los españoles pusieron a reconstruir Tenochtitlán. Fui una de las mujeres que cargó las piedras que antes formaban nuestros templos, palacios y viviendas, de un lugar a otro. Al comienzo, mis manos sangraron, pero con el tiempo se fueron endureciendo y logré ser una buena trabajadora. Después de algunos años, la ciudad estaba casi levantada y, desafortunadamente, el trabajo disminuyó.

El padre Benito frunció el ceño mientras escuchaba. En su mente veía la ciudad tal como la conocía ahora: la catedral casi terminada, el prominente palacio del virrey, sus portales llenos de vendedores y comerciantes, así como de pordioseros y ladrones. Visualizaba el lago que se extinguía, ahora lleno de escombros, y trató de imaginarse cómo debió haberse visto todo cuando Huitzitzilín era joven.

—Después, trabajé de sirvienta. Lavaba ropa, pero me enfermaba porque el hedor de los blancos era insoportable. Estaba enferma casi a diario, y como mi pobre estado de salud era notorio, era despedida con frecuencia. Deambulé por las calles durante semanas, quizás meses, buscando techo y comida. Mi ropa estaba harapienta, y le confieso que tuve que pedir limosna y comer cualquier cosa lanzada por las personas por las ventanas y puertas. Maldije a la bestia blanca y pensé en suicidarme.

—¿Alguna vez trató de suicidarse?

—No, a pesar de que me prometía que cada día sería el último. A veces me decía a mí misma que me ahogaría en el lago o que me echaría bajo las pezuñas de los caballos. El resultado era siempre el mismo. Yo era una cobarde y opté por vivir.

—¿Luego qué hizo?

—Sucedió que un día estaba haciendo cola, esperando recibir comida, cuando vi a Baltazar Ovando. Él también parecía estar esperando algo, y noté que su semblante se había transformado. Se veía demacrado, y algo en sus ojos había cambiado; ya no me miraban con dulzura, sino que me recorrían de pies a cabeza intentando reconocerme.

—¿Huitzitzilín? —preguntó en voz baja.

Los ojos del padre Benito se abrieron de par en par, y frunció la boca, mientras esperaba a que ella continuara. Pero Huitzitzilín se recostó en su silla sin decir más nada.

—¿Qué ocurrió después de eso?

—¿No se puede imaginar lo que sucedió después de eso?

El sacerdote se sonrojó, avergonzado por su pregunta. Se mordió el labio y decidió irse. Se levantó.

—Adiós.

—¿Adiós?

—Sí. No tengo motivo para estar aquí.

—Pero sí hay una razón. Está aquí para perdonar mis pecados. Siéntese, por favor. Comenzaré mi confesión de inmediato. —El cura pacientemente la obedeció; se sentó de nuevo en la butaca, y enderezó su estola—. Antes de que comience, debo decirle que en ese momento yo estaba segura que él me encontraría repugnante, pero no. Y así fue como empecé mi segunda vida con Baltazar Ovando, no como su amante sino como algo más.

El padre Benito asintió con aprobación, pero se preguntaba hacia dónde iría la confesión. Entonces su atención fue atraída por las manos de ella, que estaban moviéndose, como si dibujaran una pintura.

—Me convirtió en una de sus sirvientas, pero casi no me hablaba. Sólo se acercaba a mí cuando necesitaba una mujer; entonces fornicábamos.

La improvista declaración del pecado de la mujer tomó al sacerdote por sorpresa, y brincó tan rápido hacia el borde de su silla que casi la derriba. Haciendo una apresurada señal de la cruz, balbuceó: —*In nomine Patris, et Filii, et Spiritus Sancti.*

—Nuestra convivencia duró muchos años. Nunca fui feliz porque, aunque me daba techo, yo conocía el verdadero motivo de esa caridad. A pesar de que mi cara estaba desfigurada, mi cuerpo no lo estaba. Después de recuperar mis fuerzas, me volví aún más bella que antes de los días de hambre. Bueno, bella del cuello para bajo.

—Por mi parte, puedo afirmar que nunca amé a Baltazar. Pero como ésta es una confesión, puedo admitir que sí deseé. ¿Entiende lo que quiero decir?

La cara del padre Benito se escondía dentro de sus manos. Encogió los hombros como única seña para Huitzitzilín.

—Como él usaba mi cuerpo para el alivio de sus deseos, debo ser honesta y admitir que yo también usé su cuerpo para satisfacer mi lujuria. Hubo una época en la cual vivía en la espera de su llamada y cuando la recibía, jadeaba con deseo.

—Señora, no necesita darme tantos detalles. El simple hecho de admitir el pecado es suficiente. Ahora, si no hay más, la absolveré. . .

—¡Espere un momento! —La voz de Huitzitzilín resonó con irritación—. ¿Qué le hace pensar que es todo lo que tengo que confesar? Parece creer que la copulación de un hombre y una mujer es el único pecado posible. ¡Qué absurdo!

El padre Benito se sintió retado por la altivez de la mujer, y estaba a punto de reprenderla, de decirle que la fornicación es de hecho un grave pecado, pero recordó que él era el confesor y ella la penitente, y que era su deber escuchar y perdonar. Se mordió el labio superior y se reclinó con la barbilla apoyada sobre su mano izquierda.

Después de un momento, ella también relajó su cuerpo y continuó relatando. —Concebí. No me alegró saber que me había embarazado de un hombre blanco, al igual que tantas de nuestras mujeres que también habían tenido hijos del enemigo. Odiaba lo que me sucedía porque veía que la descendencia era desdeñada por todos, en particular por sus padres. Lo lamentaba también porque, secretamente, esos niños me parecían feos.

—Pasaba mucho tiempo recordando a mi primer hijo y en cómo este segundo, blanco marrón, crecería en mi vientre, tomando el lugar del otro. Lloraba frecuentemente y de nuevo quise morir. Cuando le comenté lo del niño a Baltazar, sólo puso mala cara y dijo que no tenía mayor importancia, porque no había sido la primera vez que había embarazado a alguien y seguramente tampoco la última. Fue en este momento que el capitán Cortés anunció que partiría de Tenochtitlán hacia el sur. Había un rumor de que sus capitanes lo habían traicionado y organizado un reino separado. Se nombró el séquito; entre los que acompañarían a Cortés estaba Cuauhtémoc, quien estaba casi inválido porque nunca pudo recuperar por completo el uso de sus pies, y Baltazar Ovando.

—Decidí que yo también iría porque creía que mi niño debería nacer en la presencia de su padre. Baltazar me lo prohibió, alegando que sería un viaje demasiado difícil para una mujer en mi condición. Le aseguré que el trabajo me había endurecido, que me había acostumbrado a no comer, que podía tolerar el calor y el frío y otras penurias. Aún con esto se negó, pero fui de todos modos.

El padre Benito no dijo nada, pero miró a Huitzitzilín inquisitivamente. Su expresión hizo la pregunta.

—Sí, pude ir sin que lo supiera Baltazar porque había tantas personas junto al capitán Cortés que fue fácil esconderme entre docenas de sirvientes, secretarias, sacerdotes, guardias y mujeres que iban de cocineras y compañeras. Me alegro haber ido porque, aunque no lo sabía en ese momento, sería testigo de la muerte de Cuauhtémoc.

—He olvidado la cantidad exacta de personas que estuvo en el cortejo de Cortés. Éramos muchos. Primero iban los capitanes armados y montados en sus bestias, luego los seguían los sacerdotes con hábitos marrones, después los soldados, con sus cascos y lanzas brillando bajo el sol de la mañana. Los aliados tlaxcaltecas formaban parte del grupo también , y detrás de ellos galopaba el capitán Cortés, acompañado por su guardia personal.

—Detrás de él caminaban las mujeres, tanto españolas como las nuestras. Detrás de nosotras marchaban los sirvientes personales, los porteros, los mandaderos, sastres, herreros, cocineros, los que cuidaban los caballos y otros animales, pajes, escribanos, los que hacían el vino y dos doctores. Nadie podía distinguir lo que otros decían por el estrepitoso resonar de las herraduras de los caballos, sumado a los aullidos, balidos y gruñidos de los animales, la risa chillona de las mujeres, las groserías de los hombres y el crujir de las ruedas y partes metálicas de las carretas.

—El capitán Cortés para este entonces, actuaba como si fuera el rey. Ese día su vestimenta era muy elegante. Su sombrero era grande y redondo con una pluma larga que ondeaba con el viento. Usaba guantes y zapatos de cuero fino. Montaba un gran caballo blanco que relinchaba y bufaba con anticipación. Todo en él era regio.

El padre Benito se recargaba en su silla, enojado consigo mismo por no haber traído sus materiales para escribir. Aunque el viaje del capitán Cortés a Honduras formaba, en ese entonces, parte de muchas crónicas, el sacerdote estaba consciente de que la mujer le estaba dando una perspectiva particular. Se dijo a sí mismo que intentaría recordar tanto como pudiese.

—El séquito marchó hacia el oriente, cruzando montañas, pasando la ciudad de Tlaxcala, recorriendo llanos, luego avanzando sobre ríos hasta llegar a Coatzacoalcos en la costa este. Después de eso, el viaje se hizo aún más difícil debido a los ríos intransitables y pueblos enemigos. Sin embargo, el capitán Cortés no perdió su valentía, improvisando cada vez que se le presentaba un obstáculo. Como puede imaginarse, muchos de los que iban en el grupo fallecieron. La gente se quejaba, algunos hasta desertaron, especialmente cuando los alimentos comenzaron a escacear. Todo esto causaba que Cortés se impacientara fácilmente, y castigara severamente.

—Estaba en los primeros meses de mi embarazo y me enfermaba con frecuencia, casi diariamente. Vomitaba y me sentía mareada, pero nunca estuve tan grave como para no poder continuar. Me agradaba que Baltazar no conociera mi paradero. De esa manera podía yo dormir de noche y recuperar energías. Llegamos hasta la tierra de los mayas, a un pueblo nombrado

Akalán, que en la lengua de ese pueblo significa región de las aguas estancadas, porque varios ríos pequeños desembocan allí, formando depósitos grandes de lodo negro y hediondo. Es un lugar endiablado en donde los demonios habitan en los árboles muertos. Es una tierra de lagartijas, búhos y gente que vive de la brujería.

La frente de Benito estaba arrugada y tensa porque la simple mención de lo maldito lo hacía temblar. Jamás había oído hablar de ese lugar, y las descripciones le recordaban las pinturas que había visto del purgatorio y el infierno, ambos lugares oscuros, rancios y apestosos.

—Llegamos a una población llamada Itzá Canac, un lugar desierto abandonado generaciones atrás por los mayas. Fue en ese asqueroso lugar que el capitán Cortés asesinó al rey Cuauhtémoc con la excusa de que el rey estaba maquinando un plan para matarlo. No era cierto, pero él y todos los hombres blancos estaban aterrorizados, convencidos de que nos sublevaríamos y nos los comeríamos.

—Una noche, todos los mexicas, nobles y sirvientes, fueron llamados al centro del campamento por el capitán Cortés. Sin ninguna advertencia, declaró que tenía pruebas de que Cuauhtémoc y ciertos acompañantes suyos eran culpables de traición contra el rey de España. Al principio habló normalmente, pero pronto alzó la voz hablando en forma atropellada, denunciando su temor mientras abiertamente acusaba a Cuauhtémoc de esta traición. Gritó por mucho tiempo hasta cansarse, entonces dejó de delirar. Nos dio la espalda, caminó algunos pasos, luego se dio vuelta y ordenó: "¡Cuélguenlos al amanecer!"

—Al amanecer nos reunimos en un campo donde se encontraba un arroyo lodoso con una ceiba grande. Cuando llegué, divisé a Cuauhtémoc y a otro mexica de la nobleza parados debajo del árbol, cada uno con un mecate alrededor de su cuello. Al principio, pensé que el capitán Cortés no estaba allí, pero pude ver que estaban otros para atestiguar el cumplimiento de la sentencia, entre ellos un tal Bernal Díaz del Castillo, un sacerdote que todos llaman Motolinía y Baltazar Ovando.

Huitzitzilín hizo una pausa, poniendo una mano sobre su pecho; parecía estar sin aliento. El padre Benito aprovechó el momento para reflexionar acerca de lo que ella acababa de mencionar sobre aquel sacerdote, y su curiosidad aumentó porque nunca antes había escuchado ese nombre.

—Señora, ¿cómo se llamaba el sacerdote?

—Motolinía.

—¿Cuál era su apellido familiar?

—No sé. Lo conocíamos sólo por ese nombre.

—Pero ése no es un apellido cristiano. Seguramente debió haber tenido uno de haber sido español.

—Quizás. No obstante, lo recuerdo sólo como el padre Motolinía. —Huitzitzilín cambió de posición en su silla y regresó a su relato.

—Aquéllos que éramos mexicas estábamos tranquilos, como si estuviésemos embrujados. Fue la voz de Cuauhtémoc la que nos volvió a nuestros sentidos. Dijo algo así como: "Cortés, quisiste hacer esto desde el principio". Estiré mi cuello porque creí que el capitán no estaba allí, pero luego lo vi parado al lado de los otros capitanes.

—No dijo nada. En cambio, le hizo una seña a uno de los soldados que detenía el mecate. De repente vi los dos cuerpos saltar en el aire. Los brazos de los dos estaban atados a sus cuerpos, pero sus piernas estaban libres de ataduras y se sacudían violentamente. Se escuchaban gorgoteos escapar de sus gargantas, y sus cuerpos se retorcían, intentando retener la poca vida que menguaba en ellos. En poco tiempo terminó la batalla y los cuerpos quedaron colgados, flácidos, exánimes.

—Recuerdo que me sentí entumedecida mientras reclinaba mi cabeza hacia atrás para mirar el cuerpo retorciéndose del último rey de los mexicas. Cuando vi su cara morada estremecerse, la lengua colgando fuera de su boca como el hígado de una bestia, recordé mi propia mutilación y pensé en cómo alguna vez fuimos gente bella y ahora estábamos deformados.

—Miré todo a mi alrededor y vi que los que quedábamos estábamos sollozando. Con las manos cubriéndose los ojos, lloraban, y algunos se habían caído de rodillas y codos. Después vi al padre Motolinía. Él también estaba llorando, pero se compuso pronto y nos mandó bajar los cuerpos. Sin decir una palabra, los pusimos en camillas y, a pesar de que era muy probable que nos castigaran, iniciamos nuestro viaje hacia el norte, lugar en donde había nacido Cuauhtémoc, aquí donde usted y yo estamos sentados ahora.

El padre Benito miró a su alrededor, esperando ver los fantasmas de ese antiguo cortejo fúnebre serpentear por el jardín del convento. Sacudió la cabeza, maravillado con lo que le contaba Huitzitzilín. Ahora estaba seguro de que no olvidaría una sola parte de la historia, a pesar de que no la estaba escribiendo.

—Volvimos sobre nuestros pasos, deteniéndonos sólo para descansar y comer. Uno de esos lugares fue Cumuapa, en donde algunos médicos mayas nos ayudaron con sus conocimientos acerca de la preservación de los cuerpos para que no se pudrieran. El proceso fue largo y complejo. Nos tomó varios días, pero esperamos sin quejarnos. Después de que los medicamentos fueron aplicados, los doctores enrollaron los cuerpos en tela de algodón, y luego los pusieron dentro de cajas hechas de madera aromática. Fue sólo entonces cuando reanudamos nuestro viaje.

—Después de algunos meses, llegó el tiempo de parir a mi niño, y el séquito me esperó. Para mi sorpresa, no llegó únicamente un hijo sino dos: una hembra y un varón. Sólo que esta vez no hubo alegría. Ni suquiera les puse nombre; se quedaron sin nombre por varios años. Nada más les llamaba "Niñito" y "Niñita".

—Al principio, el padre Motolinía insistía en que los niños fuesen bautizados, pero me negué. Él esperó pacientemente y por fin prevaleció, cristianizando no solamente a ellos sino también a mí. El niño recibió el nombre de Baltazar, la niña Paloma y yo María de Belén. Yo nunca los llamaba por esos nombres, y continué llamándolos "éste" o "la otra" o cualquier cosa.

—En un principio, no sentí cariño por esos niños porque me parecían extraños. Sus cabezas eran diferentes, estaban raramente formadas, al igual que sus ojos. Sus huesos parecían ser demasiado largos. Cuando sus dientes comenzaron a salir, vi que también estaban teñidos y formados en una manera que no me gustaba. Su piel estaba descolorida, pálida, especialmente la de la niña, y mientras crecían, estas deformidades se pronunciaban aún más.

—Yo veía que la gente se reía de mis hijos cuando pensaban que no los estaba escuchando, y eso me enojaba. Me sentí mal no sólo por la burla en sí, la cual yo podía comprender pues, los niños eran feos, sino también por haber fornicado con Baltazar Ovando. El niño y la niña fueron el resultado de mi debilidad.

—Tardamos años en regresar acá, y hasta la fecha no sé cómo lo hicimos. Fuimos atacados por bandidos, y hasta fuimos perseguidos por aldeanos hostiles que nos creían parias enfermas por nuestra aparencia demacrada y andrajosa. Perdimos el sendero varias veces, y muchos en nuestro grupo murieron de hambre o de cansancio.

—Cuando llegamos aquí, los niños tenían cuatro años y yo aparentaba diez años más de los que verdaderamente tenía. Todos pensábamos que seríamos felices después de llegar a Coyoacán, pero no lo fuimos, porque lo que encontramos fue un lugar destruido, un pueblo arruinado por los soldados blancos. No había nadie. Todos habían sido asesinados o habían huido a las montañas, y no hubo nadie que rindiera homenaje a los restos del rey que habíamos devuelto a su lugar de nacimiento. No había nada más que desperdicio, hambre y recuerdos muertos.

—Tengo entendido que el padre Motolinía escribió una crónica de nuestro vagabundeo y del lugar final donde descansan los restos de Cuauhtémoc. He escuchado rumores de que puso su crónica al cuidado de la gente de Coyoacán. Quizás sea de interés para usted.

—En cuanto a mí y a mis hijos, los llevé a recorrer el pueblo de mi nacimiento, enseñándoles lo que quedaba del palacio de mi familia que estaba en ruinas, y entonces nos fuimos. No regresé hasta mi vejez. Y como puede ver por sí mismo, un convento fue construido sobre esas ruinas.

Capítulo XVIII

—La mujer habló del padre Motolinía, quien aparentemente atestiguó los eventos que sucedieron durante la ejecución del rey Cuauhtémoc. Declara que el sacerdote escribió un recuento y se lo entregó a la gente de Coyoacán.

El padre Benito estaba hablando con el padre Anselmo mientras se paseaban por el huerto de olivos al lado del monasterio. Anochecía, y los dos hombres tenían sus brazos dentro de las mangas del hábito por el frío aire del atardecer. Anselmo cubría su cabeza calva con la capucha. Las vísperas estaban a punto de empezar. Aún así, Benito se quedó hablando porque estaba ansioso por preguntarle a su superior sobre el padre Motolinía.

—Padre Anselmo, yo nunca he oído hablar de este cura, ¿usted sí?

El viejo sacerdote se quedó en silencio varios minutos. Sólo el crujir de las hojas secas machacándose contra las piedras del camino llenaban el aire. —Sí, he oído hablar de él. Fue uno de los primeros hermanos que llegó a esta tierra. Hizó mucho por los nativos de la misión. Escribió sobre sus tradiciones. La mayoría de sus libros se encuentran en Sevilla, junto con otras historias importantes que se escribieron sobre el tema del descubrimiento y la conquista de este continente. Me parece que falleció hace cerca de veinte años.

Benito bajó la cabeza para poder mirar la cara que se asomaba bajo la capucha que ocultaba las facciones del padre Anselmo. —Yo pensé que había leído la gran mayoría de las crónicas mientras estaba todavía en Sevilla. No entiendo por qué mis profesores nunca mencionaron al padre Motolinía ni a sus escritos.

—Es porque Motolinía no era el nombre verdadero de nuestro hermano, sino padre Toribio de Benavente.

Benito se detuvo abruptamente, casi tropezándose cuando una de sus sandalias se enganchó con un montón de piedras. Se apoyó en el codo del padre Anselmo, forzándolo a detenerse también.

—¡El padre Toribio de Benavente! Por supuesto que conozco su nombre y sus obras. —Se detuvo un momento, se humedeció el labio superior con la punta de la lengua y parpadeó varias veces—. ¿De dónde le viene el nombre de Motolinía?

—Los nativos se lo dieron. En su lengua significa "el pobre". Usted ve, Benavente se encariñó tanto con esta gente que vivía como ellos, comía como ellos, aprendió su idioma, y se empobreció como ellos. Ellos lo aceptaron como si fuera uno de los suyos.

El padre Benito se sintió conmovido. Desde un principio él había deseado hacer lo mismo, desde el momento que sintió el llamado de Dios para hacerse cura. Secretamente había hecho votos de dedicar su vida a la gente de esta tierra cuando le asignaron el venir acá. Había prometido ser uno de ellos.

El padre Benito interrumpió sus reflexiones para discutir la crónica de Benavente. Ese documento, como mencionó Huitzitzilín, estaba basado en los acontecimientos que giraron en torno a la muerte y sepultura del último emperador mexica. De ser así, Benito se dijo a sí mismo, el valor del libro sería significante.

—Como he dicho, la mujer habló de un registro escrito por el padre Benavente, uno que confió a la gente de Coyoacán. Un documento así eguramente tendrá un gran valor y debería ser enviado a Sevilla, ¿no cree?

—¡Por supuesto! Pero ¿qué le hace creer en la existencia de semejante relato?

—Porque . . .

—¿Porque una distraída anciana le ha contado que existe?

—Yo pensaría que . . .

—Padre Benito, ¡intente pensar lógicamente! En primer lugar, la mujer le dijo que la crónica se la confió a la gente de Coyoacán. Pues, estamos en Coyoacán. Si existiera dicho documento, estaría entre los bienes de nuestro monasterio. En segundo lugar, si en realidad escribió semejante informe, no puedo creer que el padre Benavente fuera tan tonto como para dejarlo en las manos de unos nativos ignorantes. Supongamos que de verdad los trataba como sus propios hijos, él era un hombre erudito; él sabía el valor histórico de su obra.

El padre Anselmo dejó de hablar para reflexionar un poco más. Luego miró a Benito, con sus cejas arqueadas. —Estoy convencido de que la mujer se equivocó, que tal historia nunca se escribió y de que Sevilla tiene todas las obras del padre Benavente. ¡Todas!

La campana llamando a los curas a las vísperas comenzó a sonar, y los dos curas se dirigieron hacia la capilla del monasterio. El sonar de las campanas también señalaba el inicio del Gran Silencio, por lo que ambos hombres caminaron hombro con hombro sin decir ni una sola palabra. La capilla estaba iluminada por una multitud de velas. Las pilastras de piedra proyectaban sus sombras alargadas sobre las hileras doradas del altar y sobre el tabernáculo rodeado por querubines de rostros redondos.

El padre Benito se dirigió a su banco habitual, tomó el Libro del Oficio en sus manos, hizo la señal de la cruz y respondió al suave Ave María que cantaba el que dirigía el coro. Junto con los demás curas, murmuró los rezos que seguían, pero pensaba en Huitzitzilín, en Cuauhtémoc, en Motolinía y en la posibilidad de una crónica perdida.

Capítulo XIX

El padre Benito llegó al convento más temprano de lo usual a la mañana siguiente. Se había dado prisa en sus rezos y otros deberes en el monasterio, ansioso por encontrar a Huitzitzilín y la continuación de su relato. Cuando entró en el jardín, vio que ella caminaba lentamente por entre las sombras de los arcos del claustro. Parecía estar conversando con alguien.

Fijó su mirada en ella por un tiempo, sonriendo porque estaba seguro de que ella hablaba con uno de sus espíritus. Mantenía su incredulidad hacia ese aspecto de la historia de la anciana, pero se dijo que si ella necesitaba compañía, qué podría ser mejor que inventar fantasmas que regresaban del pasado. Entonces, de improviso, decidió acercarse para escuchar lo que ella decía. Se movía cauteloso, cuidando no pisar ni una piedra u hoja que señalara su presencia.

Cuando estaba lo suficientemente cerca como para oír a Huitzitzilín, descubrió que no sólo hablaba, sino que cantaba también. Usaba las palabras de su lengua nativa y el padre Benito no podía entender. Sin embargo, sí podía discernir que en sus palabras había alegría. Mientras ella se movía, señalaba con sus manos y afirmaba con la cabeza. De vez en cuando se paraba, como si escuchara, y respondía.

Después de unos momentos, Benito se sintió avergonzado: había estado espiándola. Decidió regresar a su silla y esperarla allí. Él estaba contento porque ahora sí había traído consigo papel y pluma, y para hacerse notar hizo ruidos mientras desempacaba su bolsa de cuero.

El sonido de los papeles y el arrastrar de la silla de Benito sobre el piso llamaron la atención de Huitzitzilín, y rompió con su ensueño. Lo miró desde el otro extremo del jardín con una sonrisa dibujándose en sus labios delgados. Se encaminó hacia el sacerdote, lo saludó y se sentó junto a él como de costumbre.

—Hablaba con ellos.

—¿Con quién, señora?

—Con las almas de mis hijos.

El padre Benito se quedó mirando a la mujer, concluyendo que los gemelos también habían muerto. El gesto que hizo con su cara mostraba simpatía.

—Lo siento.

—¿Por qué? Ellos todavía están aquí. Mire hacia allá. Creen que usted se ve tonto.

La cabeza de Benito chasqueo y casi se sacudió hacia la dirección que Huitzitzilín estaba señalando, pero sólo veía gotas de agua cristalina salpicando sobre los bordes de la fuente. Sin embargo no pudo evitar la punzada de coraje que sus palabras le habían causado.

—¿Tonto? ¿Por qué piensan eso? —Sus cejas se arquearon altivas, revelando sus sentimientos ofendidos.

—No lo sé. Los espíritus son difíciles de comprender.

La respuesta de Huitzitzilín sólo logró enojar aún más a Benito, pero él decidió dejar eso a un lado para ponerle fin a su historia. Colocó unos papeles sobre su regazo, entintó su pluma, y, sin decir nada, se preparó para escribir cualquier cosa que ella tuviese que contar. Había decidido durante la noche anterior que escribiría todo en su crónica. Y ahora, como se sentía ofendido, decidió incluir hasta sus pecados.

—Pasaron cuatro años antes de que Paloma, Baltazar y yo regresáramos a Tenochtitlán. Ese día, los llevaba de la mano mientras entrábamos a la que antes había sido la ciudad más hermosa de nuestro mundo. Mis hijos, que nunca habían visto semejante lugar, miraron con sus ojos abiertos y grandes como soles y preguntaron: "Cómo puede esto ser tan grande? ¿Quién construyó todo esto? ¿Por qué hay tantas personas aquí?"

—Todo era grande, pero no bello. Tenochtitlán ahora era un conjunto desordenado de edificios feos, de iglesias y conventos con puertas y rejas enormes, con barras en todas las ventanas, como si estuvieran esperando constantemente ladrones o intrusos. Las calles ya no eran rectas sino curvas en laberintos confusos que en ocasiones no conducían a ningún lado. Nuestros templos, altares y palacios, o fueron alterados, haciendo imposible su reconocimiento, o fueron demolidos y sus piedras utilizadas para la constucción de residencias o monasterios. La pestilencia del lago era sofocante, insoportable; sus aguas estaban ennegrecidas por desechos asquerosos y excrementos humanos y de animales. Habían desaparecido las canoas llenas de flores y vegetales, así como los vendedores, los comerciantes y los pescadores.

—Las calles de la ciudad se hallaban congestionadas. Personas desconsideradas nos empujaban y apiñaban contra las paredes. Había carretas y vagones al igual que elegantes coches para damas y caballeros. Los niños se maravillaban en voz alta cuando vieron no sólo caballos, sino tambíen otras variedades de ese animal: mulas y burros. Gritos, chirridos y golpes llenaban el aire, y el nuevo lenguaje se podía escuchar por todas partes. Yo estaba comenzando a aprenderlo por mí misma, y aunque no lo hablaba entonces con la misma facilidad de ahora, podía distinguir que lo que la gente se gritaba entre ellos era ofensivo y sucio. Descubrí en ese tiempo que la ciudad tenía ahora el nombre de México. Estaba agradecida por el hecho de que al menos el nombre de mi gente no sería olvidado como todas las demás cosas nuestras.

—Durante los años de nuestro peregrinaje, tuve que encontrar comida y techo en el camino para nosotros, y no fue fácil. De nuevo trabajé como sirvienta para su gente, quienes para esas fechas ya llegaban en grandes multitudes a esta tierra. Cuando trabajé de criada, descubrí que las mujeres españolas eran exigentes, que apreciaban las cosas finas, pero que no les gustaba ni lavar su propia ropa ni limpiar nada de lo que ensuciaban.

—Durante esos años llegué a comprender muchas cosas, una de ellas era que la mayoría de los hombres y las mujeres que vinieron de su país eran pobres allá en su tierra. Cuando descubrí esto, me extrañé, porque se comportaban con altivez y desdén aquí.

—Después de que enterramos a Cuauhtémoc, los niños y yo nos fuimos y vivimos la mayor parte del tiempo en Michoacán, la tierra de los lagos. No encontramos allí las adversidades que hemos encontrado en otros lugares, porque la gente de esa región es buena y menos amargada. Creo que se debe a que hay más comida y espacio en donde vivir. En consecuencia, decidí quedarme allí y trabajar, mayormente en los mercados de pescado. Trabajé haciendo varias cosas, pero por lo general pescaba y cocinaba lo que sacaba, y así pude hacer una vida para mis hijos y para mí.

—No recuerdo por qué me fui de ese lugar. Sólo sé que mi corazón añoraba Tenochtitlán. Yo era, soy, una mexica, y nosotros no podemos separarnos por mucho tiempo de nuestro mundo. Entonces, ahorré el dinero que pude y cuando estimé que lo que tenía era suficiente, me fui rumbo al norte.

—También, debo admitir que regresé en busca del padre de mis hijos. Creí que los querría ver, y en mi tonta imaginación, hasta guardaba esperanzas de que me quisiera a su lado. En esos días todavía no comprendía cuánto nos aborrecían los españoles a nosotros, los nativos de esta tierra. Era tan necia y ajena a la realidad que no sé qué me hizo pensar que Baltazar podría considerarme como su esposa.

El padre Benito dejó de anotar en su hoja y miró a Huitzitzilín. —¿Por qué querría estar a su lado? Está claro que ninguno de ustedes se quería.

—No sé. Estaba sola y veía cuántas mujeres como yo se habían casado con españoles y vivían una vida normal. Pero está en lo cierto, nunca amé a Baltazar. En ese momento me había convencido de que si había tolerado vivir con Tetla, por qué no con Baltasar.

—¿Lo encontró?

—Sí. No fue difícil encontrarlo porque para ese momento él era un hombre bastante conocido. Había recibido grandes parcelas de tierra y era rico. Recibí información acerca de su hacienda en Xochimilco. También descubrí algo más. Baltazar había mandado traer de España una esposa, una joven que había sido su amor desde su infancia. Ella era reconocida entre mi gente por sus gustos finos, su carruaje dorado y sus caballos, sus vestidos hermosos, su devoción y, por supuesto, su arrogancia. Me dijeron que a pesar de que ella y Baltazar habían estado casados por muchos años, no tenían hijos. Se decía que ella estaba seca.

—¿Seca?

—Sí, pero puedo ver, joven sacerdote, que no entiende lo que quiero decir. Creo que será mejor si no lo explico.

El padre Benito decidió no continuar con su pregunta porque se dio cuenta de que ella estaba hablando de cosas que sólo sucedían a las mujeres. Se dijo a sí mismo que era mejor que no se entremetiera en esos asuntos, y en su lugar se concentraría en escribir lo que estaba escuchando.

—No lo negaré: estaba celosa. No sé por qué, porque como ya le he dicho, nunca amé a Baltazar como había amado a Zintle. De cualquier modo, hubo algo, tal vez el recuerdo del pasado o tal vez el placer que me había dado. También estaban los hijos que eran de él, y yo pensaba que debería conocerlos, en particular porque no tenía otros bebés.

—Sin embargo, hubo algo que yo temía, y era la posibilidad de que Baltazar me denunciara con el capitán Cortés por haber abandonado la expedición en el sur. Podía haberlo hecho, ya que todavía nos consideraban desertores, y el castigo para tal crimen era cortarnos los pies. Pensé en esto cuidadosamente, pero hice a un lado mi temor y decidí acercármele con la intención de hacerle saber de nuestra existencia.

—La casa de Baltazar era preciosa. Estaba rodeada de jardines llenos de flores. El camino que llevaba a la entrada estaba sombreado por árboles, y dentro del cerco había fuentes conectadas entre sí por canales de agua corriente. Recuerdo que había aves de todos colores y tamaños en jaulas por toda la hacienda. La casa era diferente a las que construíamos nosotros ya que tenía barras en todas las ventanas, pero los pasillos que rodeaban sus paredes estaban llenos de flores y de verde, al igual que las nuestras.

—Una vez que llegué, me dio miedo anunciar mi presencia. Me faltó coraje. Tal vez porque había sido una sirvienta por demasiado tiempo para entonces, y los amos españoles me intimidaban. Entonces me fui con los niños a la parte de atrás de la casa, esperando encontrar la cocina. Vi que no estaba conectada a la casa sino que se había construido aparte. Luego descubrí que esto se debía a que el ama de la casa aborrecía el olor de la comida, y mandaba que todo se cocinara afuera.

—Cuando encontré a una de las criadas, pregunté por don Baltazar Ovando, pero no me atendieron immediatamente porque todos estaban apresurados con mandados y deberes. Había un sin fin de siervientes y hasta esclavos: no sólo mexicas, sino también otomíes, chichimecas, huastecas y hasta unos norteños conocidos como yaqui. Había también unos negros que habían sido traídos en aquellas casas flotantes.

Benito puso a un lado la pluma y suspiró profundamente.

—Señora, disculpe que la interrumpa, pero ¿estos detalles nos conducirán hacia algo importante?

—¿No le parece importante lo que le cuento?

—No precisamente. Estoy seguro de que, para usted, todo lo que le ha pasado en su vida es importante, pero . . .

—¿Pero qué? ¿No le parece interesante lo que me ocurrió a mí y a otros como yo?

—¡Por favor, no se ofenda! No es cuestión de que sea interesante o no, sino de si tiene o no valor histórico. Estoy acá para recoger información suficiente como para escribir una crónica de la misma importancia que las escritas por el padre Sahagún o de las Casas.

—¿Quiénes son ellos?

—Sacerdotes que han escrito lo que aconteció en estas tierras cuando nuestros capitanes arribaron.

—¿Cómo saben ellos lo que sucedió? ¿Fueron testigos igual que yo cuando todo se llevó a cabo?

—En unos casos, sí, y en otros, no.

—¿Y considera que eso tenga valor histórico?

El padre Benito estaba a punto de contestarle mordazmente, pero decidió que no lo haría porque sabía que estaba a punto de perder la paciencia. Lo que hizo en cambio, fue cerrar la boca bruscamente, escuchando el sonido sordo de su dentadura. Respiró profundamente de nuevo y se preparó para escuchar a Huitzitzilín, en vez de escribir. Se dijo que si a su juicio escuchaba algo de importancia histórica, lo escribiría. Volteó hacia ella e indicó con la cabeza que estaba listo.

Huitzitzilín sonrió, satisfecha de sí misma, sabiendo que ella había ganado la escaramuza, y continuó el relato donde lo había dejado. —Me impuse al frenesí de las actividades, y de nuevo pregunté por el patrón. Esta vez una persona fue a decirle que alguien lo buscaba en la cocina. Baltazar no vino a donde yo estaba sino que mandó a que me llevaran a un cuarto pequeño al extremo de la casa.

—Entré y vi que también él había envejecido. Su cabello ya no era vívido y abundante, más bien estaba canoso y había partes calvas. Engordó, y su cara se rellenó. Su barba acentuaba este razgo porque estaba más gruesa y la usaba más larga que antes.

—Cuando se dio cuenta de quién era la persona que estaba mirando, sus ojos se llenaron de desdén y repugnancia, pero no me importaba, porque yo sabía que mis sentimientos hacia él eran igual de malos. Lo encontraba vulgar. La crueldad se había estampado en su cara, y su boca estaba apretada, mostrando líneas profundas. Sobre todo, sus ojos eran violentos, coléricos y extremadamente incómodos. ¡Cuánto me arrepentí de haberlo encontrado!

La irritación del padre Benito había cedido, y comenzó a poner intrerés en lo que decía Huitzitzilín. La descripción del capitán español era tan vívida que él mismo podía visualizar a Ovando, y estuvo de acuerdo en que el hombre era ciertamente cruel y vulgar.

—¿Cuántos años habían pasado desde la última vez que había visto a Ovando?

—Más de cinco, y mucho nos había pasado a los dos. Aparentábamos más edad de la que teníamos. —La mujer hizo una pausa y miró al cura. Benito vio que su ojo sano brillaba más de lo usual—. ¿Quiere oír más?

El cura comprendió que Huitzitzilín jugueteaba y él le siguió la corriente. —Sí. Continúe, por favor.

—Baltazar nunca me saludó ni preguntó cómo estaba. Era como si me acabase de conocer esa mañana. Con una mirada fría me recorrió de pies a cabeza y después hacia arriba otra vez. Solamente cuando volteó a ver a los niños vi que sus ojos revelaban algo. Lo que percibí en esa mirada era curiosidad, especialmente porque los niños eran obviamente una mezcla de café y blanco. Pero no los reconoció ni dijo palabra alguna. Cuando terminó de mirarnos a todos, caminó a la puerta y comenzó a abrirla, pero se detuvo brevemente. Se volteó para mirarme.

—"¿Están bautizados?"

—Cuando asentí con la cabeza, preguntó: "¿Cómo se llaman?"

—No me va a creer pero por un momento se me habían olvidado los nombres que el padre Motolinía les había puesto, pero pronto respondí: "Baltazar y Paloma". Luego, salió del cuarto, cerrando la puerta con un golpe fuerte.

—Después de ese encuentro, apenas si lo vi. Recibí el aviso de que podía quedarme bajo la premisa de que los niños y yo tendríamos alojamiento, ropa y comida a cambio del trabajo que yo debía hacer en la lavandería. A pesar de sentir el pinchazo de la humillación, me quedé porque mis hijos y yo no teníamos otro lugar adonde ir.

—Fue una época muy difícil, no sólo para mí sino para todos los criados de la casa. Éramos forzados a realizar trabajos tan pesados que nuestros cuerpos nos dolían casi todo el tiempo. Nuestro día comenzaba al amanecer cuando éramos llamados por las campanas para asistir a misa. Aunque ninguno quería hacer esto, no teníamos otra opción. Entonces todos entrábamos a la capilla y esperábamos. Cuando el amo y su esposa aparecían a través de una puerta lateral, el sacerdote iniciaba su balbuceo.

—Quiere decir, sus oraciones, señora. Un sacerdote no balbucea, ora.

—Como usted quiera. Lo único que sé es que fuimos obligados a aprender, o mejor, memorizar las respuestas a lo que él decía.

—Ésa es una práctica común en toda esta tierra, y es buena, porque ahora ustedes están unidos en un mismo espíritu, una iglesia. Usted sabe que a través de esas oraciones Dios la entenderá.

—Está bien, sacerdote, sólo Dios podía entender porque nosotros no podíamos. Ninguno de nosotros entendía lo que murmurábamos, pero respondíamos como pericos, porque si no lo hacíamos, un espía nos acusaría, y eso significaba un latigazo, o incluso el quedarnos sin comida por un día. Entonces todos repetíamos las palabras que no entendíamos mientras luchábamos para no bostezar.

—Cuando la esposa de Baltazar entraba a la capilla, nuestros ojos somnolientos se abrían en admiración porque ella siempre estaba rodeada de pajes y una multitud de criadas. Para nosotros, ella no era bonita, pero ahora comprendo que a los ojos de un español ella era considerada extremadamente adorable. Nosotros, por supuesto, la veíamos diferente. Su piel no tenía color, como una piedra blanca pulida. Era delgada, y demasiado alta para ser mujer. Su nariz era pequeña y su boca demasiado chica, sus labios tenían el color del hígado de un mono. Los ojos de la señora eran azules y demasiado redondos, como los de un tapir grande. Su pelo era del color del oro, y estábamos seguros de que era tan frío y duro como ese metal.

—A pesar de que pretendía parecer devota, todos sabíamos que era una farsa, porque ella no era bondadosa. Nos odiaba mucho, especialmente a nuestros hijos, a quienes pellizcaba y golpeaba. Con frecuencia los golpeaba en la cabeza con los puños cerrados, y hasta los pateaba. Esto les ocurrió varias veces a Paloma y a Baltazar.

—Los días se volvieron meses sin ningún cambio en mi suerte, hasta el día que me llegó el aviso de que el señor de la casa deseaba verme en su despacho. Estaba sentado en su silla escribiendo sobre un papel. No dijo nada mientras estaba allí, parada, mirándolo.

—Cuando terminó de escribir, me dijo: "Mi esposa y yo no tenemos hijos". Luego fijó su mirada sobre mí durante un largo rato. No respondí porque algo dentro de mí me advertía un peligro. Continuó diciendo más. "Es mi intención tomar a Baltazar y a Paloma como míos. Son mi sangre y les corresponde ser mis herederos". Esas palabras han estado clavadas en mi corazón desde entonces.

Benito estaba mudo, aunque se reprendía por no haber dicho algo que expresara su comprensión. La verdad era que él conocía muchos casos similares. En Sevilla constantemente se recibían descendientes de españoles nacidos de mujeres indígenas, especialmente varones.

—Eso es exactamente lo que Baltazar me dijo. Él además me dijo que el papel delante de él era una autorización para garantizar el pasaje de los niños a España, donde él se aseguraría de que sus mentes y sus espíritus se hicieran cristianos.

La voz de Huitzitzilín se desvanecía hasta convertirse en un susurro. Benito la observaba y notó que ella no estaba tan inquieta como él habría esperado. Al contrario, vio que estaba calmada, casi resignada. Cuando habló en voz alta, su voz recuperó su tono normal.

—Le he dicho que yo consideraba a los niños repugnantes, pero eso fue sólo al principio. Para cuando su padre los quiso, mi amor por ellos había crecido. Los había cargado en mi vientre. Los había alimentado y cuidado. Eran mi carne y mi espíritu, y lo único que tenía en este mundo.

—Luego hice algo de lo que me arrepentiré toda mi vida. Me humillé delante de él. Me puse de rodillas y le rogué que no lo hiciera. Le explique que los niños eran frágiles, que morirían sin mí. Intenté apelar a su corazón, y a cualquier noble sentimiento que alguna vez hubiese tenido por mí y le supliqué. Pero todo fue en vano, porque no se compadeció y en cambió me dijo que me fuera.

—Al día siguiente, dos hombres y una mujer de su raza, llegaron en un coche a recoger a los niños. Como se puede imaginar, lloraron y se abrazaron a mí, pero no pude hacer nada, y se los llevaron. Los subieron al coche, pero podía ver que luchaban por salir. Lloraban, y sus bocas temblaban con miedo. La última imagen que tengo de ellos es la de sus miradas viéndome al partir.

—¿No los ha visto desde entonces?

—Años después vi a Paloma. Le contaré acerca de eso mañana porque me siento cansada esta tarde. ¿Regresará?

—Sí.

El padre Benito se levantó y ayudó a Huitzitzilín a ponerse de pie. Mientras la tomaba del codo y caminaba un corto tramo del claustro con ella, imágenes de los niños que habían sido enviados a España dominaban sus pensamientos. Miraba a la anciana que caminaba a su lado y se preguntaba el por qué, en el sin fin de lecciones e intrucciones que recibió sobre esta tierra, nadie le había explicado que los nativos de este lugar amaban y se angustiaban al igual que su gente.

Capítulo XX

—Lo que tengo que contarle hoy lo perturbará.

—Señora, el deber de un sacerdote es escuchar, no juzgar.

Huitzitzilín miró intensamente al padre Benito. Su ojo se entrecerró hasta verse sólo una ranura, parecía estar debatiéndose interiormente. Después de un rato asintió con la cabeza y comenzó a hablar.

—Me quedé acostada sobre la esterilla durante varios días después de que se llevaran a los niños. No dormía ni comía y tampoco me movía. Pedía que viniera por mí la muerte. Estaba llena de odio, y juré que le haría pagar a Baltazar por lo que había hecho. Juré que él sentiría un dolor aún más fuerte que el que me atormentaba a mí.

El padre Benito sacó la estola que estaba doblada dentro de su maletín de cuero y se ajustó la tela sobre sus hombros. La pasión con la cual Huitzitzilín se expresaba le daba motivos para escuchar como un confesor y no como un escriba.

—Pero ¿cómo podría castigar a Baltazar por el dolor que me había causado? Los odiaba a los dos: al hombre y la mujer. Detestaba la sequedad de ella y aborrecía la crueldad de él. Luego comencé a ponerle ofrendas a Mictlancihuatl.

Los ojos del padre Benito se abrieron y su mandíbula se apretó, dándole un aire de seriedad. Ahora estaba seguro de que ésta era en verdad una razón para la confesión, y sentía cierto alivio de haberla previsto como tal.

—¿Quién o qué cosa es Mic . . . Mic. . .?

No podía pronunciar la palabra, pero presentía de que estaba relacionada con las creencias religiosas que existían antes de que el evangelio de la redención llegase a la gente de Huit-zitzilín. Era en contra de esto que el padre Anselmo le había advertido. Una vez más, la mujer sorprendió a Benito.

—Mictlancihuatl es la diosa del Infierno.

—¡Señora!

—¡Sí! Repito que le recé y le llevé ofrendas, implorando que llegara y me auxiliara, que me llenara con el mal de una multitud de demonios. Le rogué que me iluminara en cómo manejar la desdicha que vengaría mis sufrimientos.

—Era una cristiana en ese entonces, y sabía que sus pensamientos eran pecaminosos. Estoy seguro de que estaba consciente de que el desear el mal sobre otra persona es un pecado mortal. Nuestro Señor Jesucristo dijo . . .

—¡Pecado o no, me importaba poco!

Huitzitzilín interrumpió las palabras de Benito, y se quedó en silencio por unos momentos, como si esperara que él continuara, pero él no lo hizo. Benito estaba notablemente enfadado y se negaba decir más.

—Luego caí dentro de un estupor que duró varios días, hasta que algo sucedió lanzándome más adentro en el infierno.

—¡Jesús, María y José!

Huitzitzilín, inconsciente de las palabras del padre Benito, continuó hablando, —Me llegó una voz, diciéndome que me levantara de mi petate, que algo terrible había ocurrido, que mi hijo Baltazar había muerto. El carro que lo conducía a él y a su hermana se estrelló en un barranco y el joven pereció. La voz me dijo que sólo Paloma había sobrevivido el accidente.

—El enterarme de la muerte de mi hijo me sacudió bruscamente de mi negro sueño, y curiosamente supe lo que debía hacer. Mictlancihuatl había llegado a mi rescate. Mis ojos se agudizaron como los del águila o los del tigre que acecha su presa y se prepara para devorarla. Me levanté de mi petate llena del deseo de infligir no sólo el dolor que me había causado Baltazar, sino un sufrimiento engrandecido infinitamente. Sabía qué hacer.

Graciela Limón

—Estar tan lleno de maldad es estar poseído por Satanás, y el odiar es un pecado capital. ¿No se daba cuenta de que el haber cedido a tan poderosa pasión ponía en peligro su alma? Hubiera buscado el consejo de un sacerdote.

—¡No! Un sacerdote hubiera estado del lado de Baltazar, al igual que usted ahora. Él me hubiera aconsejado que me resignara y que ofreciera mi dolor en expiación por mis pecados. Un sacerdote es un hombre, un hombre español, y me hubiera denunciado.

—¡Se equivoca! No estoy del lado de Baltazar. Además, ¿no comprende que lo que se dice en confesión se sella para siempre? Un sacerdote, cuando escucha una confesión, toma el lugar de Dios, y nunca traciona la confianza de un penitente.

—¡No lo creía entonces, y no lo creo ahora!

El padre Benito se quedó mirando a Huitzitzilín. Estaba confudido. Deseaba reprenderla, pero ella había hablado con tanta intensidad que él no podía encontrar una respuesta. Se sentía inútil y ridículo. Escuchaba la confesión de una pecadora que no creía en el poder que él tenía para perdonar. Un suspiro impetuoso resolló por su nariz.

—Yo escuché la voz de Mictlancihuatl, quien me instruyó. Llamé a uno de mis compañeros sirvientes y le pedí ayuda, y él asintió. Le dije que se jactara de que sabía en dónde se escondía el tesoro perdido de Cuauhtémoc. Si alardeaba lo suficiente, los chismosos se asegurarían de que el rumor llegara a oídos de Baltazar.

—El hombre hizo lo que le pedí, y tal como lo predije, la noticia llegó a Baltazar, y él llamó al hombre a su presencia. Lo interrogó cuidadosamente, repetidas veces, inicialmente con escepticismo y luego, poco a poco, con creciente fe. Baltazar era codicioso, y justo como lo previó Mictlancihuatl, resultó ser su muerte, porque cayó en mi trampa.

—Baltazar ordenó al sirviente a que lo llevara a donde se encontraba el tesoro. ¿Tuvo Baltazar la precaución de tener por lo menos una persona más con él en caso de peligro? ¡No! Eso lo hubiera forzado a tener que compartir el tesoro. En cambio, siguió solo, convencido de que había descubierto lo que ni siquiera el capitán Cortés no pudo encontrar.

—Siguiendo mis instrucciones, el sirviente condujo a Baltazar a Tlatelolco, el lugar donde Cuauhtémoc efectuó su última batalla, un sitio todavía en ruinas. De hecho, todavía hoy existen pasillos escondidos y bóvedas enterradas que sólo nuestra gente conoce. Fue hasta este lugar que Baltazar siguió al sirviente.

—Lo dirigieron a la entrada de un palacio derrumbado, a través de varios cuartos, luego por un pasillo, hacia abajo, por donde había escalones que decendían hacía una cámara en las entrañas de la tierra. Allí el sirviente le dijo que se esperara mientras él iba a abrir la última puerta de la entrada que se comunicaba con el tesoro. Poco después, el hombre se fue, y Ovando escuchó el golpetazo de una puerta grande que se cerraba. Y allí él esperó. . . y esperó. . . y esperó.

Al escuchar esto, el padre Benito sintió su cuerpo tenso, porque presintió lo que le había pasado a Baltazar. No interrumpió a Huitzitzilín porque temía que ella cambiara de parecer y no le confesara el relato entero.

—La puerta del cuarto por la cual salió el sirviente quedó firmemente sellada, pero tenía una pequeña abertura por donde yo podía ver, escuchar, oler y saborear la agonía de Baltazar Ovando. Cuando se dio cuenta de lo que ocurría, empezó a gritar y golpear la puerta con sus puños. El tiempo pasó y yo escuché mientras el miedo se apoderaba de su corazón. No fue hasta horas después cuando le hice saber que era yo quien estaba del otro lado de la puerta.

—Le dije a través de la abertura: "Baltazar, soy yo, Huitzitzilín. Éste es mi regalo por haberte robado a mis hijos". Fue todo lo que dije antes de que se tropezara hacia la puerta, golpeándola y pateándola, todo esto mientras me ordenaba dejarlo en libertad. Su altivez no duró mucho tiempo; pronto me suplicó y me rogó que lo dejara salir. No le respondí. Mi silencio fue la respuesta a su gimoteo. Cerré el entrepaño y me alejé de esa tumba.

—¿Allí lo dejó?

—Sí.

—¿Murió?

—Sí.

El padre Benito cerró los ojos, tratando de asimilar el hecho de que la mujer sentada frente a él había cometido un asesinato. Su mente se dispersó en varias direcciones, esperando encontrar las palabras adecuadas, pero no tenía sentido, porque todo lo que le quedaba claro era que un capitán de España había sido atrapado en una muerte lenta, agonizante y tormentosa, y que la asesina había sido Huitzitzilín.

—¿Por qué el capitán no llevó a alguien con él? Su muerte pudo haber sido evitada si alguien lo hubiera acompañado.

—Ya le he dicho. Él era ambicioso y no quería arriesgarse a tener que compartir el tesoro con alguien más.

—Y ¿por qué el sirviente, aquel cómplice la obedeció, sabiendo que era un asesinato? ¿No temía ser castigado o que él mismo fuese enviado a la muerte?

—Todos los sirvientes odiaban a Baltazar. Fue fácil encontrar a alguien que quisiera matarlo, a pesar del castigo que le esperaría.

—¿Por qué el capitán confió tanto en el sirviente? ¿No se le ocurrió acaso que el tesoro no podría existir?

—Su codicia lo cegaba, al igual que sucede todavía con la mayoría de sus capitanes.

Al padre Benito se le agotaron las preguntas. La conversación lo había dejado perplejo. Pensó por un largo rato qué decir. Sus conocimientos de la ley eran limitados, pero sabía que la obra de la anciana se podría castigar severamente. Se recordaba a sí mismo que era un sacerdote, un confesor y no un juez o un verdugo. Su voz se desvanecía en un susurro.

—El homicidio no es sólo un pecado mortal sino un agravio capital. ¿Sabe lo que le hacen a los asesinos en España, no?

—¿Me va a tracionar?

Los ojos de Benito se estrecharon mientras veía a Huitzitzilín. De nuevo, su mente buscaba qué decir. Ella era culpable de asesinato, y esta idea lo horrorizaba, a pesar de que el capitán había provocado todo.

—¿Qué haríamos si todas las madres a quienes les han robado sus hijos mataran a los hombres culpables?

Benito no tenía la intención de decir lo que estaba pensando, pero las palabras se le escaparon de los labios. Notó que Huitzitzilín estaba momentáneamente confundida. Ella esperaba una respuesta, no una pregunta. Y repitió su pregunta.

—¿Me va a tracionar?

—No. Mis labios están sellados por el sacramento de la reconciliación.

—¿Me va a perdonar?

—Dios perdona a todos los que se arrepienten.

—Quiero saber si usted me perdona.

La persistencia de Huitzitzilín enervó a Benito, y él intentó evadir su pregunta. Se dio cuenta de que no tenía respuesta porque estaba aterrorizado por sus revelaciones a pesar de su obligación de perdonarla en nombre de Dios. Sin embargo, no era el perdón de Dios lo que ella pedía; sino el perdón de él, y él no podía encontrar ese perdón, sin importar cuánto buscara en su alma.

—Señora, no me siento bien. Regresaré mañana para terminar su confesión.

Mientras se incorporaba, sintió temblar sus rodillas y la cabeza le dolía. Se alejó de Huitzitzilín cuidadosamente, dando un paso a la vez. Temía que pudiera tropezar y caer.

Capítulo XXI

—Hermano, puedo ver que está más angustiado que nunca. ¿Es por culpa de la mujer indígena?

El padre Benito miró a Anselmo de reojo, mayormente porque se maravillaba del discernimiento del cura superior, y en parte por los rayos del sol que declinaban en la distancia. Anselmo se acercó a Benito a unos metros de la entrada del monasterio, donde Benito caminaba con la cabeza inclinada. Cuando el portero abrió la puerta, los dos curas caminaron hacia el interior del claustro. El padre Anselmo invitó a Benito a su celda. Cuando ya estaban dentro, Anselmo le señaló una banca pequeña.

—Tome asiento, por favor.

Anselmo permaneció de pie con las manos agarradas y los dedos apretados unos con otros. Era la postura que tomaba cada vez que se dirigía a los curas bajo su cargo.

—¿Quieres platicar sobre ello?

—Discúlpeme, padre, pero está relacionado con la confesión de la mujer.

—¡Ya veo!

El cuerpo de Anselmo se relajaba mientras volteaba para mirar por la ventana cortada dentro de la piedra de la celda. Hubo un largo silencio antes de que hablara otra vez.

—Hermano, el secreto confesional es una carga pesada, que sólo encuentra alivio a través del Espíritu Santo. Encomiéndese a las manos de Dios, Él lo aliviará del peso que siento que está sobre usted.

Las palabras de Huitzitzilín describiendo el asesinato del capitán Ovando hacían eco en la mente de Benito a pesar de que

146

él se repetía una y otra vez que el terrible acto sucedió hace mucho tiempo y que debería ser olvidado y también perdonado. Sin embargo, batallaba con la cuestión de la justicia. ¿No debería ella ser castigada por lo que hizo?

—Padre, ¿ha usted eschuchado una confesión tan grave que la haya encontrado más allá del perdón?

Anselmo se puso a reflexionar sobre la pregunta antes de contestarla. —No es de nosotros el perdón. Esto debe ser hecho sólo por Dios.

—Pero, ¿cómo podemos nosotros, hombres de carne y hueso, pretender el perdón de Dios si, en nuestros corazones, no podemos encontrar el mismo perdón? Lo que quiero decir es que, si levanto mi mano en absolución, sabiendo que dentro de mi corazón detesto el acto del pecador, ¿cómo puedo estar seguro de que Dios perdona a esa persona?

—Sabemos que Dios perdona, precisamente por la razón que usted mismo ha dado. Nuestro Padre detesta el pecado, no al pecador que es víctima del mal. Cuando se hace esta distinción, la misericordia se encuentra fácilmente.

El padre Anselmo frunció los labios, satisfecho de que había respondido apropiadamente a la pregunta de Benito. Sin embargo, cuando comenzó a moverse de donde estaba parado, el joven sacerdote inició otra serie de preguntas.

—¿Pero, no somos nosotros, los sacerdotes, instrumentos de Dios? Y si es así, ¿no es cierto que deberíamos sentir el perdón del Señor entrar en nuestra alma y corazón? Y si esto no sucede así, ¿no es verdad que deberíamos pensar que Dios no ha perdonado?

—¡Padre Benito, un momento, por favor! Una pregunta a la vez.

Anselmo levantó la mano en mitad del aire, sus dedos blancos y delgados proyectaban un aura luminosa sobre la pared oscura del cuarto. Se acercó a una silla y se sentó al lado de Benito para mirarlo mejor a los ojos. Luego se dio cuenta de que casi toda la luz del día había disminuido. Estiró su brazo hasta alcanzar una vela que tenía sobre su escritorio, usó un pedernal y encendió la mecha. Cuando se echó hacia atrás, de nuevo unió las puntas de sus dedos.

—Debemos sacar sólo una conclusión cuando escuchamos la confesión de un penitente, y ésa es la absolución. Cuando hay contrición, entonces podemos estar seguros de que Dios perdonará.

—¿Y si no hay contrición?

Anselmo arqueó sus cejas, sorprendido. —¿Por qué confesaría una persona si no hay remordimiento? Eso sería una contradicción.

El silencio llenó la celda de piedra mientras Benito configuraba sus pensamientos, pensando en qué motivaría a Huitzitzilín a confesar el pecado del asesinato. No estaba seguro si había sido remordimiento o dolor. Luego miró a Anselmo como si quisiera decir algo, pero el viejo sacerdote alzó la mano en un gesto que lo silenció. Temiendo que Benito estuviera peligrosamente cerca de divulgar los secretos que deberían permanecer enterrados en su alma, Anselmo decidió terminar la conversación.

—Hermano, continúe con su transcripción de la crónica de la mujer indígena. Deje el perdón de sus pecados a Dios misericordioso, quien ama por igual a todos sus hijos.

El padre Benito se levantó, asintió moviendo la cabeza, y salió por la puerta. —Buenas noches, padre reverendo, y gracias. Reflexionaré sobre lo que me ha dicho.

—Buenas noches, hermano.

Benito pasó la noche sin dormir, batallando con la idea de que Huitzitzilín debería enfrentarse a la justicia. Con el paso de la noche, sus pensamientos recorrieron los días que había pasado al lado de la mujer indígena. Todos los acontecimientos de su vida, al igual que los de la gente que ella había descrito, se deslizaban desde un extremo de su celda a otro. Tetla, Cuauhtémoc, Zintle, Cortés, Ovando, sus hijos, su hija, todos los personajes que Huitzitzilín había evocado en su imaginación marchaban frente a los ojos del cura.

Intentó dormir, pero no tenía caso. Después de varias horas de dormitar, abandonó el intento, encendió una vela y se fue a la mesa donde había apilado todas las páginas que contenían la historia de la mujer. Dio un vistazo a algunas páginas al azar, comenzando con El Cerro de la Estrella, repasando las palabras de ella sobre las tradiciones y creencias de su gente, sus hogares y templos, sus matrimonios, amores y penas. Con cada línea, Benito se sentía más cautivado por las descripciones de Huitzitzilín.

Llegó a la última hoja cuando la campana sonó para anunciar los maitines; era de madrugada. Comprendió que la historia de Huitzitzilín estaba incompleta y que le correspondía a él registrar ese final. Cuando se levantó de la mesa, sus piernas estaban entumidas por el frío de la celda. Le dolían, pero prestó poca atención a su dolor porque pensaba en la historia de la mujer y en su insistencia en que él la perdonara.

—Tenga misericordia de nosotros, o Señor, y en su grandeza perdone nuestras ofensas.

La oración del padre Anselmo inició el canto de la madrugada, y mientras Benito tomaba su lugar en el coro, sintió que lo penetraba el poder de la vida de Huitzitzilín. Haciendo la señal de la cruz e inclinándose en la espera de la bendición del prior, el joven cura hizo a un lado su preocupación por la justicia y se concentró en la misericordia divina.

Capítulo XII

—Buenos días, señora.

Huitzitzilín miró a Benito; tenía una mirada alegre. Ella le sonrió.

—Buenos días, joven sacerdote. Veo que ha cambiado.

—¿He cambiado? ¿Qué quiere decir?

—Se ha hecho más sabio.

Como siempre, la franqueza de la mujer avergonzó a Benito. Pero esta vez él decidió hacer frente al comentario en vez de evitarlo.

—¿Cómo puede una persona hacerse más sabia en tan sólo una noche?

—Se puede con tan sólo aceptar lo que hay aquí dentro. —Señaló su pecho con el dedo índice. Como Benito la miró confundido, ella continuó—, ¿Me ha perdonado?

Benito se sonrojó hasta que los bordes de sus orejas tomaron un matiz púrpura, y sacudió la cabeza, expresando sus emociones. Sintió una mezcla de admiración e inquietud por la manera en que la mujer podía percibir lo que sucedía dentro de él. Tuvo que aclarar su garganta antes de hablar, pero su voz se escuchó débil.

—Sí. La he perdonado. Pero no soy yo él que debe . . .

—¡No diga más, por favor! —Huitzitzilín se removió en su silla y chasqueó los labios, también expresando sus sentimientos—. Tengo más que contarle para su crónica. —Parecía que se había olvidado de su odio por Baltazar, incluso del pecado y del castigo. Ella observó a Benito, esperando a que él sacara sus

150

materiales para escribir. Aunque lo veía titubear, de todos modos ella se preparó para continuar la historia.

El cura no sabía si debía continuar, tomando en cuenta el cambio que hubo en ella. Sintió que algo faltaba: un vínculo entre la pasión del día anterior y la calma que hoy se presentaba. Se fijó primero en la fuente, luego en las flores; se tomaba el tiempo para tratar de encontrar la razón. Cuando regresó su atención a Huitzitzilín, ella había iniciado su relato, entonces alcanzó su pluma y su papel.

—Cuando se dieron cuenta de que Baltazar estaba perdido, el capitán Cortés organizó su búsqueda. Sin importar en dónde buscara ni cuántos sirvientes fueran azotados o torturados, Cortés no pudo descubrir pista alguna que condujera a la desaparición de Baltazar. Cortés, después de algún tiempo se vio forzado a admitir que era inútil continuar la investigación. La esposa de Baltazar se regresó a España junto con la mayoría de sus posesiones, y sus tierras fueron devueltas al rey de España. Nosotros, los esclavos y los sirvientes, fuimos cedidos al capitán Cortés.

—La transformación de Tenochtitlán continuó. Había cambiado tanto así que ahora ya no la reconocíamos. El capitán Cortés seguía prosperando y sus posesiones crecían. Su casa también se extendió, no sólo con los nuevos sirvientes y esclavos traídos de otros lugares, sino con el nacimiento de criaturas, la mayoría de ellos engendrados por soldados españoles.

—A mí me asignaron estar en la trascocina y en la lavandería. Muy poco cruzaba por mis pensamientos durante aquellos años, excepto que de vez en cuando recordaba mi niñez y mi juventud. Con frecuencia, los pensamientos de mis dos hijos, los que fueron míos por tan corto tiempo, llenaban mi mente. En otras ocaciones recordaba a Paloma, y en mi mente la veía convertirse en una mujer. Me imaginaba su delgado cuerpo, sus senos creciendo, su cara resplandeciente llena de juventud y alegría.

—Estos pensamientos me traían un gran consuelo en la soledad que se aferraba a mí. Mi vida no conocía la felicidad, porque mi corazón se había secado y porque me rodeaban personas infelices y amargadas. Y así pasaron los años. Pero hubo una excepción: el año en que el capitán Cortés regresó a su tierra natal y se llevó a muchos de nosotros con él, junto con muchos artefactos de plata, oro y gemas.

—¿Ha estado en España? —La cara de Benito se llenó de sorpresa y admiración al darse cuenta de que había otro aspecto de la mujer que él no se había imaginado.

—Sí.

—¿Dónde? ¿En qué lugar? ¿Llegó a Sevilla?

—Caray, joven sacerdote. Deme un momento para responder a todas sus preguntas con un sólo comentario. El capitán Cortés nos llevó adonde el rey de España lo esperaba. Fuimos a la ciudad que ustedes llaman Barcelona.

El padre Benito miró a Huitzitzilín. Estaba maravillado. Regresó a su escritura tan rápido como le fue posible, porque sospechaba que ella había presenciado un suceso importante en la vida de Cortés, así como en la historia de España. También estaba seguro de que su crónica contendría algún incidente inédito.

—No fue una experiencia grata para el capitán Cortés, porque fue desdeñado en la corte cuando proclamó que él y unos cuantos soldados habían conquistado el reino de los mexicas. Nadie le creyó que había sucedido así. A nadie le interesó el resto de su relato. Todos se habían aburrido de él y de lo que tenía para contar. No sentí compasión por él porque estaba segura de que él estaba pagando por sus crueldades, en particular, por la tortura y la ejecución de Cuauhtémoc.

Benito entrecerró los ojos, tratando de recordar los documentos que había estudiado respecto al encuentro entre el conquistador de México y los incrédulos cortesanos del rey. Esos documentos atestiguaban el hecho de que en realidad Cortés había sido objeto de burlas. Incluso, Benito recordó varias cartas que acusaban al capitán de arrogante y exagerado. Antes pensaba que esos documentos eran falsos y que sólo circulaban para crear una impresión falsa de cómo verdaderamente consideraban al capitán. Sin embargo, las palabras de Huitzitzilín servían como prueba de la humillación de Cortés en España.

—La experiencia fue más para mí que para Cortés, porque fue ahí cuando encontré a mi hija, Paloma. Era encantadora, y sabía que era mi hija porque se parecía mucho a mí cuando yo tenía quince años. La única diferencia era su color, que era blanco. Pero pronto descubrí que su belleza no pasaba más allá de su piel.

—Cuando nos hicieron desfilar en beneficio de aquella gente, fue Paloma la que se esmeró en burlarse de mi deformidad. Para ese tiempo, yo entendía el idioma que ella hablaba, y tuve que soportar la angustia que me causó al ridiculizarme despertando las risas de todos.

—Quizás se equivocó. ¿Cómo podía estar segura de que su hija era esa joven?

—Se parecía mucho a mí. Además, después le pregunté a varios y me dijeron que su nombre era doña Paloma Ovando. No, no había ninguna duda.

El padre Benito dejó su pluma mientras en su mente reconstruía la escena que Huitzitzilín había descrito. Fue azotado por la ironía de que una hija se mofara de su madre. ¿Qué hubiera pasado si Paloma hubiese sabido la verdad? Frunció los labios mientras se imaginaba cuántas personas que ahora vivían en España eran descendientes de un hombre o de una mujer indígena de esta tierra y sin embargo no tenían idea de sus ancestros. Benito sintió pena por esa gente.

—Parece entristecerse con mis palabras.

Benito fue sacudido de sus pensamientos. —Sí, me entristece pensar que fue insultada por su propia hija.

—Pero ella no sabía quién era yo.

—De cualquier forma, no debía haber sido tan cruel con ninguna persona, ¿no cree?

—Sí. Sin embargo, sucedió.

Huitzitzilín guardó silencio durante un momento, luego continuó hablando. —Anoche tuve un sueño. ¿Quiere escucharlo?

El padre Benito ladeó la cabeza y asintió porque quería saber qué soñaría semejante mujer. Recordó su noche de insomnio y deseó haber sabido que Huitzitzilín soñaba durante sus horas de desvelo.

—Soñé que cantaba al pie de un río. A mi alrededor había flores y plantas; había fragancia en el aire y nieve en los picos de los volcanes. Mientras cantaba, todas las personas que había amado, y las que habían muerto, me rodeaban. Cerca de mí estaban Zintle y mis hijos; hasta mi madre y mi padre se acercaron. También estaban las mujeres que me cuidaron de niña, así como las muchachas que fueron mis amigas, y no faltó la partera que interpretó mi destino y me dio mi nombre.

—Pero mi sueño fue extraño porque todos teníamos la misma edad; no había niños ni mayores, sólo gente joven. Yo también recuperé mi juventud. Mis cicatrices se borraron y mis ojos brillaban con el fuego y gozo que poseían antes de mi mutilación. Todos sonreíamos como lo hacíamos antes de que nuestro mundo terminara y nos preguntábamos dónde habíamos estado y a cuáles tierras habíamos viajado. Luego desperté.

El padre Benito miraba fijamente sus manos mientras escuchaba a Huitzitzilín. Cuando ella dejó de hablar, él la miraba como si quisiera preguntarle algo.

—No tengo nada más que contarle. Nada ha pasado desde que regresé de su tierra con la excepción de haber sido testigo de la transformación de nuestro reino. He observado a nuestros edificios perecer en el despertar de los suyos, mientras nuestra religión desaparecía bajo la sombra de la suya y el color de nuestra piel se aclaraba por la mezcla de nuestra sangre con la de su raza.

—Todo lo que tengo ahora son los recuerdos de cómo era mi gente y de la grandeza de Tenochtitlán. Cuando camino por los claustros de este convento, con frecuencia platico con mis seres queridos, comunicándoles estos sentimientos. Seguramente los ha visto durante sus visitas.

—La he visto conversar, señora.

—¿Los ha visto a ellos?

—No, no los he visto.

—Ellos lo ven a usted.

Los ojos de Benito se entrecerraron mientras examinaba la cara de Huitzitzilín. ¿Estaría burlándose de él, tratando de hacerlo sentir tonto otra vez? Ella ya había hecho esto varias veces desde que él comenzó a visitarla.

—Sé que los espíritus existen, pero no creo que uno los pueda ver con los ojos.

—No los ve porque no lo intenta.

El padre Benito decidió no responder, porque se sentía incapaz de refutar lo que ella había dicho. Sabía que Huitzitzilín era sincera en procurar el contacto con los espíritus de su pasado, y él no quería contradecirla.

—En muchas ocasiones, cuando camino del brazo de Zintle bajo las sombras del jardín, recordamos nuestra infancia. De vez en cuando, nuestros maestros se reúnen con nosotros, y a veces llega el padre Motolinía. Usted podría decir que son fantasmas creados por mi memoria, pero le aseguro que no lo son. Son los espíritus de aquéllos que me amaban, y que me hacen compañía hasta la fecha.

—Nuestro Señor Jesucristo dirige el espíritu de todos nosotros.

Benito se arrepintió esta trivialidad tan pronto como las palabras salieron de sus labios, pero ya era tarde porque Huitzitzilín reaccionó a lo que había dicho. Su expresión le indicó que ella había entendido lo que él dijo, pero que no estaba de acuerdo.

—Nuestras espíritus jamás serán dominados por su joven Dios.

—¡Por favor no hable así! ¡Usted sabe que es blasfemia! —Benito sintió que sus manos comenzaban a sudar. Pensó en lo que el padre Anselmo y los demás curas dirían si sospecharan que conversaba con alguien que hablaba tan irrespetuosamente. Huitzitzilín lo miraba en silencio.

—Señora, ahora que nos acercamos al fin de nuestras conversaciones, le imploro que reconozca que el Dios del bien ha triunfado en esta tierra.

—A él lo expulsaron de estas tierras hace mucho tiempo.

—¡¿Qué?!

Benito se daba cuenta de que la mujer y él estaban al borde de otro desafío. Esto lo dejaba perplejo porque él había pensado que ellos finalmente habían llegado al punto de tenerse respeto y entendimiento. Huitzitzilín adivinó su expresión e interrumpió lo que él estaba por decir.

—Hablo de Quetzalcóatl, el dios del bien. Él fue expulsado de Anáhuac por las fuerzas de Huitzilopotchli y su hermano gnomo Tezcatlipoca.

El cura estaba agobiado. Vio que la mujer todavía creía en ídolos. ¿Por qué no había mencionado esto al principio para que él entendiera que ella todavía no era conversa? La herejía de la mujer lo frustraba. Sintió que había perdido su tiempo, porque ella todavía se aferraba a las tradiciones de su gente. Se puso de pie para irse de su lado.

—No, joven sacerdote. Siéntese y escúcheme. Usted ha sido enviado aquí para escuchar mis palabras y escribirlas para aquéllos que pronto habitarán esta tierra.

El padre Benito respondió al apretón de su mano sobre su hombro y regresó a su silla. Pero trató de transmitirle con su expresión que no aprobaba el tema del que ella estaba hablando.

—Furiosos por la pérdida de control sobre los mexicas, esos dos dioses nos acechan hasta hoy en día, y lo harán hasta el final de los tiempos. Ellos esperan al dios del bien en cada vuelta, en cada esquina y están listos para provocar la guerra.

Benito inclinó la cabeza. Quería reponder a las palabras de la mujer con afirmaciones de Jesús, de redención, del paraíso y de la felicidad, pero sabía que en ese momento serían palabras trilladas, carentes de significado desde el mismo instante en que salieran de sus labios. Se quedó callado.

—Como le he dicho, fue Moctezuma quien vio la verdad. Los mexicas traicionaron al dios de la bondad, y en consecuencia fueron vencidos. Sin embargo, Huitzilopochtli y su hermano no fueron destruidos. Ellos vagarán por esta tierra de volcanes y pirámides hasta el final de los tiempos.

El padre Benito se levantó para irse. —Regresaré mañana.

—¿Para qué? No tengo nada más que contarle.

Él miró a Huitzitzilín como si fuera la primera vez. —Regresaré mañana.

Capítulo XXIII

—Ella falleció mientras dormía, pero no creo que haya sufrido dolor. Estaba vieja y muy cansada.

Al día siguiente, el padre Benito escuchaba a la hermana que le abrió las puertas del convento. Sus pensamientos se agitaron, batallando con la repentina muerte de Huitzitzilín. Estaba sorprendido. Se quedó inmóvil por mucho tiempo, hasta que la monja se aclaró la garganta haciéndole saber que ella estaba allí.

—Entre a la capilla. La estamos preparando para el entierro. —La hermana se alejaba de Benito, luego hizo un alto y lo miró—. Estaba muy vieja, padre.

—¿Por qué no le ha notificado al monasterio?

—Sí, mandamos un aviso. Es probable que usted se haya cruzado con el mensajero.

—Está bien. Pasaré en unos minutos.

En vez de encaminarse a la capilla, Benito entró al claustro y llegó al lugar donde él y Huitzitzilín se habían sentado el día anterior. Miró alrededor todas las flores y la fuente. Nada había cambiado. Luego se sentó en la silla como de costumbre, puso la cara entre sus manos, y se quedó allí pensado durante un largo rato.

El cura luchaba con la irrevocabilidad de la muerte de Huitzitzilín, y también con su intensa decepción. Él hubiera querido hablar más con ella, escuchar sus pensamientos sobre lo que había comentado el día anterior. Ahora era demasiado tarde, y su voz diciendo que no tenía más que contar le vino a la mente. Depués de un rato, sintió un gran deseo de verla, entonces se dirigió a la capilla.

La canción del colibrí

Cuando el padre Benito entró a la pequeña capilla, se encontró envuelto por las voces mudas de las monjas recitando oraciones por la difunta. El aire estaba lleno de la fragancia de incienso, y la única luz era la de las velas. Vio que el cuerpo de Huitzitzilín estaba sobre un estrado funeral en el centro de la iglesia; en cada esquina se encontraban candelabros finamente decorados. Manojos de flores blancas estaban puestas alrededor del ataúd. Cuando Benito se le acercó, vio que su expresión era serena. Su cara, como él muchas veces había pensado, se parecía a la de un ave: pequeña, picuda y alerta. Se podía imaginar, más que nunca, que ella había sido bonita cuando era joven.

Mientras admiraba a Huitzitzilín, el cura fue tocado por su espíritu. Se preguntó si él regresaría al jardín del claustro, a sus sombras. También se preguntó si podría verla paseándose con la gente que ella había amado. El pensamiento lo llevó a orar, no por un alma en el purgatorio, sino por un alma en el paraíso: el paraíso de ella.

Después de un momento, Benito salió de la capilla, y regresó al claustro. Caminó durante un tiempo, y luego se detuvo para quedar bajo un rayo de sol, escuchando el agua caer en cascada en la fuente. Estaba seguro de que Huitzitzilín y sus espíritus estaban presentes, pero no los podía ver. Cerró los ojos, luchó contra su obtuso espíritu que estaba ciego y era incapaz de percibir.

Mientras se mantuvo con los ojos cerrados y la cabeza encarando el sol, el cura lentamente comenzó a percibir un susurro. Era una letanía melodiosa, saliendo primero de la tierra bajo sus pies, luego de los muros de piedra del convento, después desde los lejanos volcanes. La sensación creció dentro de él, hasta que comprendió que era una canción que sentía, aunque no la podía oír. Abrió los ojos y volvió sobre sus pasos a través del claustro hasta que salió del convento.

El padre Benito caminó por mucho tiempo dirigiéndose al centro de la ciudad. Lo arrastraba un fuerte deseo de ir al centro de lo que había sido el mundo de Huitzitzilín. Cuando se sintió abrumado por la fatiga, le preguntó a un hombre si éste le dejaba subir a su carreta. Transcurrió mucho tiempo antes de que Benito bajara del carro e iniciara su ascenso a la montaña.

Los mexicas llamaban al cerro Tepeyac, un lugar reverenciado por ellos como el Templo de la Diosa de la Vida. Los cristianos ahora lo honraban como el santuario de la Virgen de Guadalupe. En ese sitio elevado, el cura meditó. De nuevo sintió que el espíritu de Huitzitzilín estaba presente. Fue allí donde, según recordaba, las preparaciones para el matrimonio de ella habían comenzado, al igual que su historia.

Miró hacia el este y vio el perfil de los volcanes. Estaba agradecido de que por lo menos algo sobreviva intacto. Después volteó hacia el oeste, mirando hacia Tlatelolco, el reino de Cuauhtémoc, y sede de la última batalla por Tenochtitlán. Allí, Benito divisó las agujas de las torres de la iglesia de Santiago de Compostela. Alrededor de la iglesia las ruinas de las pirámides y de los templos destruidos eran todavía visibles.

Huitzitzilín hablaba con frecuencia del silencio que bajaba desde los volcanes para entrar a Tenochtitlán. Escuchó el mismo silencio. Sabía que debajo, la ciudad estaba rebosante de ruidosa actividad, pero en la cima del Tepeyac, el silencio de los mexicas todavía prevalecía.

Sus palabras, dichas un día antes, previendo el conflicto entre el dios del bien y los dioses del mal resonaban otra vez, y comenzaron a tener forma y significado para el sacerdote. Ahora comprendió que él se había resistido porque malentendió sus palabras, y había pensado que eran un asalto contra su religión. Mirando hacia abajo, sobre la ciudad que había sido el espejo del mundo de Huitzitzilín, el cura se arrepintió por su respuesta ofensiva y su partida tan descortés.

¿Me perdonará?

Inesperadamente, las palabras de Huitzitzilín sonaron tan fuertes y claras como cuando se sentaba a su lado. Benito se sobresaltó, y su cuerpo se tensó. Sus ojos miraron de un lado a otro buscándola, pero no vio nada. Su espíritu permanecía oculto de su vista.

Luego sus palabras llegaron de nuevo. *¿Me perdonará?* Esta vez confundiéndolo aún más que cuando la podía ver. ¿Por qué había insistido en su perdón, a pesar de la afirmación de que Dios le había garantizado su perdón? Benito reflexionaba sobre la pregunta, repasándola dentro de su mente por mucho tiempo, hasta que comprendió que estas palabras estaban en el corazón de la historia de Huitzitzilín. Su mente profundizaba dentro de su propio espíritu hasta que le quedó claro que no era absolución ni misericordia lo que ella le pedía, sino la comprensión de su vida, su gente, sus tradiciones y creencias. Vio claro, también, que por una razón no prevista, él había sido escogido para registrar esa vida, para verla a través de sus ojos en su totalidad, no en fragmentos.

El cura suspiró, mientras que el silencio lo envolvía, y se entregó por completo a sus pensamientos. Permaneció en ese lugar durante varias horas, meditando sobre el relato de Huitzitzilín, y fue sólo entonces que sintió una ola de tristeza. La melancolía se aferró a él hasta que entendió que ella ahora caminaba con aquéllos que habían sido parte de su vida, aquéllos que habían visto el mundo como ella lo había visto, todos los que habían vivido como ella había vivido. El cura entonces recordó el sueño de Huitzitzilín, donde ella se reunía con los espíritus de los demás, cerca del río, y sus penas disminuyeron.

Estaba oscuro para cuando el padre Benito bajó de Tepeyac y se encaminó al monasterio. Conforme caminaba, la voz de Huitzitzilín resonaba una y otra vez. Él atravesó la oscura ciudad, preguntándose qué podría llenar el vacío creado por su ausencia. Su pregunta tuvo respuesta cuando se recordó a sí mismo que él había capturado sus palabras en papel y que su canción viviría en Anáhuac para siempre.

Libros en español Libros en español Libros en español

La Migra me hizo los mandados
Alicia Alarcón
2002, 192 pages, Trade Paperback
ISBN 1-55885-367-7, $14.95

Time's Now / Ya es tiempo
Miguel Algarín
1985, 86 pages, Trade Paperback
ISBN 0-934770-33-6, $7.00

Porque hay silencio
Alba Ambert
1998, 176 pages, Trade Paperback
ISBN 1-55885-250-6, $11.95

Árbol de la vida
Historias de la guerra civil
Mario Bencastro
1997, 112 pages, Trade Paperback
ISBN 1-55885-214-X, $11.95
Accelerated Reader Quiz #30230

Disparo en la catedral
Mario Bencastro
1997, 160 pages, Trade Paperback
ISBN 1-55885-194-1, $12.95
Accelerated Reader Quiz #34147

Odisea del norte
Mario Bencastro
1999, 208 pages, Trade Paperback
ISBN 1-55885-266-2, $12.95

Salsipuedes
Ramón Betancourt
2003, 128 pages, Trade Paperback
ISBN 1-55885-381-2, $12.95

Viaje a la tierra del abuelo
Mario Bencastro
2004, 144 pages, Trade Paperback
ISBN 1-55885-404-5, $9.95, Ages 11 and up

El hombre que no sudaba
Jaime Carrero
1982, 160 pages, Trade Paperback
ISBN 0-934770-14-X, $8.50
Accelerated Reader Quiz #34178

Bailando en silencio: Escenas de una niñez puertorriqueña
Judith Ortiz Cofer
Translated by Elena Olazagasti-Segovia
1997, 160 pages, Trade Paperback
ISBN 1-55885-205-0, $12.95
Accelerated Reader Quiz #20913

Mujeres y agonías
Rima de Vallbona
1986 (Second Edition), 102 pages
Trade Paperback, ISBN 0-934770-12-3, $8.00

Fronterizas: Una novela en seis cuentos
Roberta Fernández
2001, 160 pages, Trade Paperback
ISBN 1-55885-339-1, $12.95

El año que viene estamos en Cuba
Gustavo Pérez Firmat
1997, 2242 pages, Trade Paperback
ISBN 1-55885-212-3, $11.95
Accelerated Reader Quiz #34177

Los amigos de Becky
Rolando Hinojosa
1991, 128 pages, Trade Paperback
ISBN 1-55885-021-X, $9.50
Accelerated Reader Quiz #34182

En otra voz: Antología de la literatura hispana de los Estados Unidos
General Editor: Nicolás Kanellos
Co-Editors: Kenya Dworkin y Méndez, José Fernández, Erlinda Gonzales-Berry, Agnes Lugo-Ortiz, and Charles Tatum
Coordinator: Alejandra Balestra
2002, 608 pages, Trade Paperback
ISBN 1-55885-346-4, $27.95

The Twins, the Dream: Two Voices/ Las gemelas, el sueño: dos voces
Ursula Le Guin and Diana Bellessi
1996, 230 pages, Trade Paperback
ISBN 1-55885-179-8, $8.95

El Día de la Luna
Graciela Limón
Spanish translation by María de los Angeles Nevárez
2004, 240 pages, Trade Paperback
ISBN 1-55885-435-5, $14.95
Accelerated Reader Quiz #34148

En busca de Bernabé
Graciela Limón
1997, 200 pages, Trade Paperback
ISBN 1-55885-195-X, $11.95
Accelerated Reader Quiz #34148

Versos sencillos / Simple Verses
José Martí; English translation by Manuel A. Tellechea
1997, 128 pages, Trade Paperback
ISBN 1-55885-204-2, $12.95

El Laúd del Desterrado
Edited by Matías Montes-Huidobro
1995, 182 Pages, Trade Paperback
ISBN 1-55885-082-1, $10.95

Cuentos hispanos de los Estados Unidos
Edited by Julián Olivares
1998 (Second Edition), 240 pages
Trade Paperback, ISBN 1-55885-260-3, $16.95

Vida y aventuras del más célebre bandido sonorense Joaquín Murrieta Sus grandes proezas en California
Ireneo Paz; Introduction by Luis Leal
1999, 256 pages, Trade Paperback
ISBN 1-55885-276-X, $12.95

Diario de un mojado
Ramón (Tianguis) Pérez
2003, 256 pages, Trade Paperback
ISBN 1-55885-345-6, $12.95

...y no se lo tragó la tierra / ...And the Earth Did Not Devour Him
(bilingual edition)
Tomás Rivera; Translated by Evangelina Vigil-Piñón
1995 (Third Edition), 208 pages, Trade Paperback
ISBN 1-55885-083-X, $12.95
Accelerated Reader Quiz #20912

Death to Silence / Muerte al silencio
Emma Sepúlveda; Translated by Shaun T. Griffin
1997, (Second Edition), 102 pages
Trade Paperback, ISBN 1-55885-203-4, $8.95

Al partir
Omar Torres
1986, 136 pages, Trade Paperback
ISBN 0-934770-47-6, $8.50
Accelerated Reader Quiz #30232

Zoot Suit: A Bilingual Edition
Luis Valdez
Spanish translation by Edna Ochoa
2004, 224 pages, Trade Paperback
ISBN 1-55885-439-8, $13.95

Jicoténcal
Félix Varela
Edited by Luis Leal and Rodolfo J. Cortina
1995, 164 Pages, Trade Paperback
ISBN 1-55885-132-1, $10.95

Las aventuras de Don Chipote, o, Cuando los pericos mamen
Daniel Venegas; Edited, with an Introduction by Nicolás Kanellos
1998, 208 pages, Trade Paperback
ISBN 1-55885-252-2, $12.95

Lluvia de oro
(Distributed for Bantam Doubleday Dell Publishing)
Victor Villaseñor
1996, 648 pages, Trade Paperback
ISBN 0-385-31516-3, $14.95

La rebelde
Leonor Villegas de Magnón
Edited, with an Introduction, by Clara Lomas
2004, 222 pages, Trade Paperback
ISBN 1-55885-415-0, $12.95